Siegfried Standke

Kaleidoskop

Kurzgeschichten und Erzählungen

Siegfried Standke

Kaleidoskop

Kurzgeschichten und Erzählungen

Bibliografische Information der Deutschen Nationalbibliothek: Die
Deutsche Nationalbibliothek verzeichnet diese Publikation in der
Deutschen Nationalbibliografie; detaillierte bibliografische Daten
sind im Internet über dnb.dnb.de abrufbar.

Impressum:
Copyright (c) 2023. Alle Urheber- und Nutzungsrechte verbleiben
beim Autor. Abdruck, Vervielfältigung und Verwendung aller
Bestandteile nur mit ausdrücklicher Genehmigung des Autors
Layout und Satz mit Papyrus Autor von R.O.M. Logicware GmbH.
Herstellung und Verlag: BoD – Books on Demand, Norderstedt
© 2023 Siegfried Standke
ISBN 9783757825584 Preis: 7,95 €

Inhaltsverzeichnis

Überraschungsgast

Das Problem ist nicht neu und aktuell. Es belastet einige, vielleicht sogar viele Zeitgenossen, wenn sie davon betroffen sind.

Erstaunt ist, wer unverhofft Besuch bekommt. Belästigt fühlt sich der Gastgeber, falls jener nach angemessener Zeit nicht fortgeht. Wann immer er sich einnistet und länger bleibt, kommt Panik auf.

So geschehen in einem längst vergangenen Sommer. Der hatte diesen Namen nicht verdient, sondern ließ sich an wie ein verspäteter April oder ein Vorbote des Novembers. Dieser Blick auf das Wetter sei gestattet. Er deutet die Stimmung an, die Petrus ausgelöst hatte bei mir, den Sonnenanbetern und den Freunden der abendlichen Grillfeste. Jubel war das nicht! - So viel sei verraten.

Dann kam er: der überraschende Gast. Einer, der noch nie bei uns vorbeigeschaut hatte; einer, der unstet in der Gegend umherzog, mal hier, mal dort sein Lager aufschlug. Nein, er hatte nicht vor ins Haus zu kommen. Wollte sich mit dem Aufenthalt im Garten bescheiden. Frische Bettwäsche und Handtücher – nicht nötig. Einen guten Appetit brächte er mit. Versorgen würde er sich selbst: von dem, was die Natur so hergäbe.

Auf die Einhaltung von Essenszeiten läge er keinen Wert.

Ich fremdel oft ein wenig, wenn mir jemand unbekannt ist. Kümmere mich nicht, wahre Distanz. Sehe über ihn hinweg. So auch hier.

Dieser Gast aber machte auf sich aufmerksam und hinterließ Spuren. Unter den Büschen bemerkte man sie anfangs gar nicht. Gleichwohl wurden auf dem Rasen Tag um Tag plötzlich zahlreiche braune Erdhügel sichtbar. Die Grasnarbe sackte an manchen Stellen ab. Selbst auf dem Pflaster der Auffahrt entstanden zwischen den Steinen kleine Sand- und Kieselberge. Ich fürchtete Schlaglöcher auf meiner neuen Zuwegung.

Alarm! – Was tun? Der Gast genoss Schutzrechte! Wie bringe ich ihn dazu, zu verschwinden? Mit Lärm, Gerüchen, Wasser und Sand?

Vielleicht mit aufgespießten Plasteflaschen, die im Wind klappern? Mir gingen sie auf die Nerven! Seine Ohren waren vermutlich auf Durchzug gestellt.

Mit Buttersäure? Die stank gewaltig! Er rümpfte wohl nur kurz die Nase.

Flutete man seine Höhlen mit Wasser aus der Regentonne und spülte sie mit Sand zu, baute er sich hinter dem nächsten Busch neue. Und die Aktion musste von vorn beginnen. Das »Hase-und-Igel-Spiel« fand mancher witzig. Ich nicht. Er tanzte mir auf der Nase herum.

Alle Mühen waren vergeblich. Verzweiflung machte sich breit. Der letzte Ausweg: Fallen, in die er hineintappen sollte. Es funktionierte. Nach kurzer Zeit war die Klappe zu und der Übeltäter gefangen. Dann die Überraschung: Er war nicht allein. Vier Kumpels trieben mit ihm zusammen unter Tage ihr Unwesen. Diesen Wühlern wurde ebenso aufgelauert, auch sie erwischt, abtransportiert und ausgesetzt. Aber wo? Bei jemandem, den man nicht leiden konnte? Oder auf einer Wiese in der Kühlung? Egal. Hauptsache weit weg!

Gott sei Dank! Wir waren die Plagegeister los. Erst einmal. Wann werden sie uns wieder besuchen? Wir bangen.

Warten

Er hatte seinen Wagen auf dem Parkplatz gegenüber dem Firmengelände abgestellt. Durch den starken Berufsverkehr war er aufgehalten worden und hatte nun gleich Schwierigkeiten: Das »Handyparken« funktionierte nicht. Er stellte fest, dass er nur große Geldscheine im Portemonnaie hatte, musste warten, die Nachfolgenden vorlassen und um ein paar Münzen bitten. Reichten die für die Parkdauer? Er geriet in zeitliche Bedrängnis, schaffte es aber rechtzeitig an das Firmentor. Der Portier war freundlich und hatte ihm den Weg zum Zimmer B37 gewiesen.

Durch das Gebäude hastend waren ihm auf dem Flur, an dem dieser Raum lag, zwei Leute begegnet. Sie tuschelten, grinsten. Über ihn? War das Herablassung? Sie kannten ihn doch gar nicht. Lag es etwa an seinem Aussehen?

B37 war schnell erreicht. Er nahm auf einem der Stühle vor dem Zimmer Platz. Seine Erscheinung spiegelte sich in einer Fensterscheibe.

Saß der Schlips? Er zupfte daran. Er trug sonst nie einen, aber zu diesem Anlass wollte er konservativ auftreten.

Sein Hemd - war es nicht zu auffällig? Die Farbe - so grell! Machte es ihn nicht zum Hallodri? Seine Frau hatte am Morgen gemeint: »Das ist in Ordnung und jetzt modern.«

Und das Sacco? Hätte es nicht etwas dunkler ausfallen sollen? Aber es war Sommer! Und es war ihm schon heiß bei den Gedanken, was ihm bevorstehen könnte.

Er musterte den Flur. In Bürohäusern immer die gleichen langweiligen Tapeten und Landschaftsbilder. Er vermied es, mit dem Smartphone zu spielen, strich sich über das Kinn. *An solchen Tagen sollte ich mich nass rasieren. Die Haut wird dadurch glatter.* Er sah auf seine Schuhe. Klopfte ein paar Staubkrümel ab. Schon fünfzehn Minuten wartete er darauf, dass die Tür sich öffnen und er hereingebeten würde. Ihm kam sein Parkschein in den Sinn. War der lange genug gültig? Schleppten sie das Auto sonst ab? Seine Frau würde es am Nachmittag brauchen, um die Kleine abzuholen. - Ach Quatsch! Das passt schon. Er räusperte sich, weil sein Hals langsam trocken wurde. Blick den Korridor entlang und an die Decke und dann auf seine Uhr. Der Zeiger war weitere Minuten vorangerückt. Die Luft stand still in der Sommerhitze. Der Flur war mäßig klimatisiert und hatte sich über einige große Fenster aufgeheizt.

War es Strategie, die Leute warten zu lassen und sie dadurch weich zu kochen, damit sie sich auf jegliche Bedingungen einließen. Oder war da drinnen ein Konkurrent, der sich so stark aufplusterte, dass sie ihn nicht mehr sehen wollten? Er verwarf den Gedanken. Man hatte ihn eingeladen. Er musste sich präsentieren dürfen. Er hatte seine Ausbildung erfolgreich abgeschlossen, hatte Berufserfahrung gesammelt. Er hatte was zu bieten. Er war attraktiv und konnte sich sehen lassen. War durch die Vorauswahl gekommen, und das bei reichlich Konkurrenz.

Er brauchte den Job und das Geld, für eine neue Wohnung, ein besseres Leben. Dem Schwiegervater galt er als nicht erfolgreich genug. Der hatte es zwar beruflich zu nichts gebracht, aber er protzte mit den Beziehungen, die er im Golfklub geknüpft hatte. Für seinen Schwiegersohn hatte er sich noch nie verwendet, der alte Sack. Wahrscheinlich alles nur Schaumschlägerei, wenn er so herumschwadronierte. – Und seine Schwägerin erst, diese missgünstige Kreatur! Hätte sie ihn am Morgen auf dem Parkplatz erlebt, sie würde in der gesamten Verwandtschaft verbreiten: *Mein Schwager läuft in der Stadt herum und bettelt um Kleingeld.* Seine Hände wurden feucht und zitterten. Aus Wut über die angeheiratete Sippe, vom langen Warten und aus Erwartungsangst.

Konzentrier dich auf deine persönliche Vorstellung in der neuen Firma, ermahnte er sich. Was würden sie fragen? Sie wussten doch schon alles über ihn.

Er war unschlüssig. Wie sollte er auftreten? Zurückhaltend und bescheiden oder eher forsch? *Wie entscheide ich mich? Meine möglichen Vorgesetzten sitzen mir gegenüber.* Eine klare Haltung und Profil muss ich zeigen.

Eine Dame traf ein. Grüßte knapp und setzte sich auf den Stuhl, der am weitesten von ihm entfernt war. Er musterte sie aus den Augenwinkeln. Das Seitenlicht aus dem Fenster ließ ihre weiblichen Formen voll zur Geltung kommen, wie er sogleich feststellte.

Aha, so ist das! Die Schnalle hat sich ja toll gestylt! Sie spielt ihr Frausein aus, setzt auf die Genderkarte.

Weiter kam er mit seinen Mutmaßungen nicht. Die Tür zu B37 öffnete sich. Er sprang auf, trat einen Schritt vor. Ein stattlicher Mann nahm fast den ganzen Türrahmen ein, schaute wohlwollend auf sie: »Guten Morgen, meine Dame, mein Herr, Sie wollen sich vorstellen. Wir brauchen Sie! Beide sogar! »Aber« - er zuckte hilflos mit den Schultern - »ich werde sie leider enttäuschen. Brandneue Order von ganz oben. Einstellungsstopp! Die Stellen werden für die nächste Zeit eingespart. Wir haben bis jetzt telefoniert. Nichts zu machen! Die ungewisse Wirtschaftsentwicklung, Sie wissen schon«, klang die Stimme des Hünen bedauernd. Er fuhr fort: »Ihre Spesen bekommen Sie ersetzt. Sie sollten sie…«

Den Rest der Worte bekam der Bewerber schon nicht mehr mit. Er hatte sich ohne Gruß abgewandt und den Heimweg angetreten.

Mordfall Bischoff

Jan hielt es nicht mehr in seinem Sessel. Im Fernsehen hatte er nichts gefunden, was ihn jetzt ablenken konnte. Ihm war ein Gedanke gekommen, ein beunruhigender. Er trommelte mit den Fingern auf die festlich gedeckte Platte des Wohnzimmertisches. Die Gläser klirrten. Er stand auf, schob sie auseinander und begann in der Wohnung auf und ab zu wandern. Auch das vermochte die mulmige Eingebung, ja fixe Idee, nicht zu vertreiben. Er erinnerte sich seiner eigenen Eskapaden. Doch die waren schon länger her. Sollte **er** es diesmal sein, der den Kürzeren gezogen hatte und hintergangen wurde. Marie hatte immer eine einleuchtende Erklärung für ihr Zuspätkommen. Die Kunden in ihrem Friseursalon konnte sie natürlich nicht halbfertig sitzen lassen, nur weil sie Feierabend hatte. Doch heute war Montag und das Geschäft geschlossen! Jan akzeptierte, dass sie hin und wieder beim Erzählen die Zeit vergaß, wenn sie eine alte Bekannte zufällig an der Ecke traf. Aber warum gerade am heutigen Ruhetag? Da spielte sie Tennis und ihr Spieltermin war längst vorbei. Hatte sie es vergessen? Oder ist ihr etwas passiert, vielleicht ein Unfall? Das regte ihn noch mehr auf. Innerlich fing er an, über sie zu schimpfen, weil sie nichts von sich hören ließ.

Schön, er hatte Marie in den letzten Wochen vernachlässigt. Aber was blieb ihm übrig? Die Ausschreibung zur Neugestaltung des Stadtparks lag auf seinem Tisch. Sein Planungsvorschlag harrte der Fertigstellung. Innovativ und nachhaltig musste der Entwurf werden, zu vertretbaren Kosten, sonst hatte er gegenüber den Mitbewerbern keine Chance, schon gar nicht gegen Finn Bischoff, den Platzhirsch! Für heute jedoch hatte er sich extra Zeit genommen. Es war doch ihr Tag.

Jan horchte auf. Ein Schlüssel wurde im Schloss gedreht. Seine Frau? Wenige Sekunden vergingen.

Dann ertönte vom Flur her: »Hallo!« Erleichtert drehte er sich zur Tür. Der Groll blieb.

»Marie, mein Liebling, da bist du ja endlich!«, versuchte er mit freundlicher Stimme seinen Unmut zu unterdrücken. Es gelang ihm nur mäßig. »Über eine Stunde warte ich schon.« Er sah, wie sie sich fahrig durchs Haar griff. Er lief ihr entgegen, wollte sie umarmen. Sie wich ihm aus, blickte auf die Uhr. »Tatsächlich! Tut mir leid, mein Bärchen!« Sie brachte ihre Tasche, abweichend von ihrer Gewohnheit, gleich ins Bad.

Er schaute ihr nach und bemerkte, wie sie Reinigungsmaterial wieder zurücklegte. Aha! Deswegen hatte er die beim Saubermachen nicht gefunden. Er wollte nun etwas Unverfängliches sagen. »Wie war's?«, hörte er sich fragen, dabei schwirrte das Wort ›Bärchen‹ in seinem Kopf herum. ›Bärchen‹? So hatte sie ihn bislang nie genannt. Der beunruhigende Gedanke war wieder da. Er versuchte, sich zusammenzureißen. Auf keinen Fall sollte sie von seiner Eifersucht etwas mitbekommen. Es gab sonst Streitereien. Und das war das Letzte, was er heute brauchte. Der Abend durfte nicht verdorben werden.

»Wie meistens montags habe ich mit Finn trainiert und anschließend hatten wir noch etwas zu klären! – Jetzt muss ich erstmal ankommen und duschen«, tönte es aus der Garderobe.

»Beeil Dich bitte. Der Tisch ist gedeckt. Das Essen wird kalt.«

»Warum? Bekommen wir Besuch?«

Jan war irritiert. Wollte sich aufregen, ließ aber resigniert den Kopf sinken und rief: »Nein! - Hast Du es vergessen? Wir haben heute unseren Hochzeitstag!«

Marie fasste sich an die Stirn, hielt inne und verschwand dann im Bad. Als sie kurz darauf wieder auftauchte, war die Hektik gewichen. Irgendetwas schien in ihr vorzugehen, sie zu bedrücken. Sie setzte sich ihm gegenüber. »Jan« begann sie fast flüsternd, »ich habe etwas Schlimmes getan.« Sie schluchzte.

»Wie schlimm?«, fragte er nach.

»Extrem.« Marie nahm die Hände vors Gesicht. »Finn Bischoff…«

»Was ist mit ihm?«, unterbrach er sie jetzt schon mit erhobener Stimme, denn seine ärgsten Befürchtungen schienen sich zu bewahrheiten. »Hast Du etwa mit Bischoff…«, aber weiter kam er gar nicht.

»Nein, sehr viel schlimmer! Er ist…« sie zögerte etwas, doch dann brach es aus ihr hervor: »Tot! Tot, und ich bin schuld daran!« Mehr bekam sie nicht heraus, weil sie sich weinend an seine Brust warf. Jan fuhr zusammen. Dieses Geständnis verschlug ihm die Sprache. Erschrocken flüsterte er: »Das ist ja eine böse Überraschung an unserem Feiertag.«

Blaulichtblitze, Absperrungen und Menschenansammlung vor einer schicken Altbauvilla in einem bürgerlichen Wohnviertel. Ein Wagen mit lautem, unrund laufendem Motor stoppte vor dem Haus. Eine Autotür wurde zugeschlagen. Polizeihauptmeister Hanke hatte die Ohren gespitzt. Na endlich! Er öffnete die Wohnungstür und rief in den Treppenflur: »Ganz oben links!« Von unten hörte man: »Wenn das nicht besser wird mit unserem Fuhrpark, werde ich demnächst mit dem Rad zum Tatort kommen.«

Eilige Schritte, Ächzen. Kriminalkommissar Kolbe war 57 Jahre alt und nicht mehr ganz in Höchstform.

»Was haben wir?«, schnaufte er auf der vorletzten Stufe jetzt völlig außer Atem.

Hanke schloss die Tür nach seinem Vorgesetzten und nahm den Spiralblock zur Hand. Der bemerkte dazu: »Wenigstens davon haben wir noch genug, dafür reicht das Geld gerade.«

Das Bad war im Moment durch den Notarzt belegt. Sie betraten das Wohnzimmer.

»Das ist Amalie Polz. Sie hat den Arzt und dann uns alarmiert.« Er zeigte auf die Frau, die aufgelöst auf dem Sofa wartete. »Sie hat am Morgen die Wohnung des Opfers, Finn Bischoff, zum Putzen geöffnet.«

Er gab Frau Polz die Hand. »Ich bin Kriminalkommissar Kolbe. Erzählen Sie mal, wie haben Sie das Opfer gefunden?«

»Dass das ausgerechnet mir passieren musste? Furchtbar! – Na ja. Ich bin so gegen 9:00 Uhr gekommen. Ich gehe immer zuerst in das Wohnzimmer und arbeite mich dann durch die übrigen Räume. Sie sehen ja, eine elegante Wohnung ist das hier, gut geschnitten, gediegen möbliert. Aber er ist« – Seufzen – »er war – Gott hab ihn selig – recht schlampig, der Herr. Oftmals lag irgendetwas herum. Tennisklamotten und Zeitschriften auf den Polstermöbeln, Krümel auf dem Boden. In der Küche: Glasränder auf der Anrichte, manchmal auch Pizzakartons und natürlich Geschirr in der total versifften Spüle. Glauben

Sie ja nicht, dass Junggesellen den Abwasch in den Geschirrspüler räumen. Diese Arbeit wird mir überlassen. Aber das kenne ich schon.« Sie schüttelte den Kopf.

Der Polizist wusste, dass manche Frauen so etwas erst einmal loswerden mussten. Auch sein Vorgesetzter ertrug solche Klagen mit Geduld.

»Und das Opfer?«, erinnerte Hanke.

»Nach kurzem Aufräumen im Wohnzimmer holte ich mir den Staubsauger aus der Abstellkammer. Stecker in die Steckdose - keine Reaktion. Lichtschalter an - nichts. Ich zum Sicherungskasten. Rausgesprungen. Dann den Hebel hochgedrückt. Er sprang sofort wieder raus. Oft liegt es an der Feuchtigkeit im Nassbereich. Daraufhin ins Bad!« Amalie holte tief Atem: »Ein durchdringender Geruch schlug mir entgegen. Da lag er in der Badewanne, den Kopf zur Seite geneigt im rötlichen Badewasser mit dem Kofferradio im Arm und sagte nichts. So kannte ich ihn nicht.« Sie wischte sich Nase und Augen. »Ich habe sofort den Notruf gewählt. Wollte seinen Puls fühlen, hab es dann aber gelassen. Wer so ekelhaft riecht, kann keinen Blutdruck mehr haben. Welch eine Überraschung am frühen Morgen! Ich bin völlig fertig! Er war doch noch gar nicht so alt!«

»Vielen Dank erst einmal, Frau Polz. – Haben Sie irgendetwas angefasst, nachdem Sie das Opfer entdeckt hatten?«

Sie schüttelte den Kopf. »Das sollte ich nicht, wurde mir am Telefon gesagt, nur auf den Notarzt warten. Dann kam die Polizei.«

Kolbe nicke. »Das wäre es fürs Erste. Ich bitte Sie aber, sich zu unserer Verfügung zu halten.«

Der Mediziner wartete vor dem Bad. Er und Hanke kamen auf ihn zu. »Und?«

»Möchten Sie ihn noch sehen?«, fragte der Arzt. »Fotos wurden schon gemacht. Todesursache vermutlich ein elektrischer Schlag, im Zusammenwirken mit Alkohol und einer Herzschwäche. Genaues nach der Obduktion.« Sie warfen einen kurzen Blick auf die Wanne.

»Die Rotfärbung des Wassers?«, gab Hanke das Stichwort.

»Eher Rotwein als Blut«, bekam er die knappe Auskunft. »Weitere Termine warten auf mich!«, war vom Arzt zu hören. Dann ist er hektisch durch die Wohnungstür verschwunden.

Um das Abholen des Leichnams kümmerte sich der Partner. Nicht, dass das für ihn ein Problem darstellte. Er telefonierte sofort mit der Gerichtsmedizin.

»Die Kollegen suchen und sichern Spuren. Ich helfe, nehme mir das Schlafzimmer vor«, teilte Hanke mit.

Er schlug das Bett auf, schaute in Kommoden und Nachtschränke. »Nichts Ungewöhnliches: Wäsche, Hemden, Hosen, ebenfalls Schmutzwäsche. Hier ist manches unaufgeräumt, eine Junggesellenbude eben«, brummelte er vor sich hin. »Was baumelt denn da im Kleiderschrank«, wunderte er sich. »Eine Leine mit fein säuberlich aufgereihten Damenslips!«

»Sieh dir das an!«, rief er den Kollegen. Hanke zeigt grinsend auf den Fund. »Ob er die selber getragen hat?«

Kolbe wiegte seinen Kopf hin und her.

»Das sind vermutlich eher Trophäen!«, tönte aus dem Hintergrund Amalie Polz, die ihre Fassung wiedergefunden hatte. »Meine sind aber nicht dabei!«

»Das hätten Sie wohl gern gehabt!«, ätzte Hanke.

»Na vielen Dank«, entgegnete sie. »Ich war schon froh, wenn am Monatsende der Lohn stimmte. Mehr wollte ich von dem Casanova nicht. Der Bischoff war kein Kind von Traurigkeit. Dass er so geendet hat … Er war doch erst Anfang vierzig.«

»Wir sollten herausbekommen, wem die Höschen einmal gehörten«, knurrte der Kriminalkommissar.

»Fragen sie mal im Tennisclub nach, da haben Sie sicher Erfolg«, bemerkte sie. »Er war doch der Gockel in diesem Hühnerstall.«

Die Tennisplätze des Sportclubs waren schön gelegen; genau dort, wo die städtische Bebauung langsam dünner wurde und in den Stadtwald überging. Am nächsten Morgen gegen 10:00 Uhr war kaum Betrieb. Die Männer waren auf Arbeit, die Jugendlichen in der Schule. Einige Frauen, unterschiedlichen Alters, hatten sich bei Sonnenschein und frühsommerlichen Temperaturen auf der Klubterrasse eingefunden, um ihrer Leidenschaft zu frönen. Die bestand bei manchen Damen allerdings nicht unbedingt in sportlichen Übungen, sondern mehr im Austausch von Klatsch. Und: Der Leichenfund war Stadtgespräch. Die wildesten Gerüchte machten die Runde. So auch bei den Tennisdamen, bedingt durch die Bekanntschaft mit dem gestern aufgefundenen Toten und befeuert durch den Genuss einiger Erfrischungsgetränke. Die erhebliche Anzahl von geleerten Wasser-, aber ebenfalls Prosecco-Flaschen deutete darauf hin. Neugier trieb sie um. »Was genau und wie ist es denn überhaupt passiert?« Die Fragen blieben unbeantwortet. Umso mehr Vermutungen kursierten und, wenn auch leise, einige gehässige Bemerkungen: »Bei dem ›Hans Dampf‹ wundert mich gar nichts. So ein Lotterleben musste ja einmal böse enden«, waren noch die harmlosesten Bosheiten. Manche kicherten.

Andere Damen hatte der Verlust offenbar getroffen. Sie hatten nah am Wasser gebaut, schnäuzten sich und konnten ihre Tränen kaum verbergen. Gleichzeitig regten sie sich auf über die »Luder und Lästermäuler« und fragten sich:

»Ist es Neid, Alkohol oder die beginnende Demenz, die sie dazu bringt, solche Sprüche abzusondern?« Weitere böse Kommentare der Trauernden zu den Gefühl- und Respektlosigkeiten folgten. Über der Szene lag Aufgeregtheit, Reizbarkeit, Furcht und Spannung auf das, was da kommen würde.

Hanke und Kolbe hatten sich zu diesem Sportgelände aufgemacht. Die letzten Meter zu Fuß. Ihr motorisierter Auftritt in dieser Umgebung war ihnen peinlich. »Wir können dort nicht aufschlagen wie Nick Knatterton, außerdem tun uns ein paar Schritte gut«, so der Kommissar. Beim Näherkommen schauten sie sich aufmerksam um. »Gepflegte Anlage hier! Schau, wir sind von den Damen schon bemerkt worden.« Am Klubhaus angekommen, stellte er sie der Runde vor: »Wir sind von der Kriminalpolizei. Sie haben sicher vom plötzlichen Tod ihres Clubmitglieds gehört. Mit der Untersuchung des überraschenden Todesfalles sind wir betraut.« Ein Raunen ging durch die Damenriege. »Es werden alle möglichen Leute befragt, die mit ihm in Kontakt standen. Er war oft hier, wie wir herausbekommen haben. Was hatte denn Herr Bischoff im Verein für eine Aufgabe?«

Kichern bei ein paar Anwesenden. Hanke erfasste einige von denen mit den Augenwinkeln, wandte sich jedoch erstmal einer Sportlerin zu, die zu erzählen begann.

»Er ist früher mal ein mäßig erfolgreicher Profi gewesen. Bei uns war er vor allem für das Training der Spielerinnen verantwortlich. Er hat Leistung gebracht. Drinnen im Klubraum hängen zahlreiche Auszeichnungen. Dort steht der eine oder andere Pokal, den wir ihm zu verdanken haben.«

Hanke trat nun auf eine der Frauen zu, die ihm durch ihre verschämte Heiterkeit aufgefallen waren: »Gab es mit ihm denn größere Probleme und Konflikte im Verein?«

Die Dame biss sich auf die Lippen, fühlte sich ertappt, hielt sich bedeckt und an ihrem Glas fest. »Nein! Nichts Besonderes! Harmloser Ärger und kleine Unstimmigkeiten, kommen in jeder Gemeinschaft gelegentlich vor.«

Kolbe nahm sich inzwischen ebenfalls einige Vereinsmitglieder vor: Die betagte Gattin des Vereinsvorsitzenden mokierte sich: »Der Trainer hat meist Übungsstunden für die Älteren zur Mittagszeit angeboten. Da brauchen wir Ruhe. Seine Witze waren oft geschmacklos.« Eine Schlachtereibesitzerin, der man ansah, dass ihr schmeckte, was sie verkaufte, beklagte: »Finn hat mich so über den Platz gescheucht, dass ich nach dem Tennis zu nichts mehr zu gebrauchen war.« Eine Gastwirtswitwe, an der die Jahre hinter der Theke nicht spurlos vorübergegangen waren, bot erstmal ein Gläschen an. Vermutlich Mitte fünfzig, aber mit einer Portion Schminke auf Ende dreißig restauriert, befand sie

Grundsätzliches: »Ich habe mich über ihn einige Male geärgert. Er hatte kein Einfühlungsvermögen, war ohne Tiefgang und manchmal ungehobelt.«

Hanke befragte eine Studentin: »Ich habe ihn als reizend und nachsichtig wahrgenommen. Er hat mir erfolgreich Tennis beigebracht. Ich tue mich schwer beim Sport. Bin talentfrei.«

Hilde, eine andere junge Frau schwärmte: »Er war so cool. Hatte eine tolle Vorhand und ein sehr gefühlvolles Spiel. Er hat meine Fähigkeiten verbessert.«

Eine Dritte seufzte: »Schade, dass ein solch‹ guter Trainer und Spaßvogel nicht mehr unter uns ist. Er hat das Niveau unsere Mannschaft gehoben.«

Die Polizisten hatten genug gehört. Sie setzten sich etwas abseits nieder und tauschten ihre Erkenntnisse aus.

Kolbe stellte fest: »Die reifere Fraktion fühlt sich vernachlässigt. Sie findet, dass Finn kaum auf ihre persönlichen Befindlichkeiten eingegangen ist. Zur Bespaßung älterer Damen taugte er nicht.«

Hanke brachte vor: »Die jüngere schätzt seine Fähigkeiten und empfindet ihn als witzig und sportlich herausfordernd.«

Der Kommissar resümierte: »Das Lebensalter beeinflusst das Urteil. Viel hat das hier nicht gebracht. Es reicht erstmal. Frische Luft macht hungrig. Lass uns zu Tisch gehen.«

»Das wär's zunächst«, teilten sie den Damen mit und kündigten an: »Des Abends kommen wir wieder, um auch noch einige Herren zu befragen, zur Abrundung des Bildes.« Die ungewöhnlichen Fundstücke aus der Wohnung des Junggesellen erwähnten sie mit keinem Wort.

Kaum hatten Sie nach der Mittagspause wieder in ihrem Büro Platz genommen, klingelte das Telefon. »Man gönnt uns keine Ruhe«, schnaufte Kolbe, bevor er sich den Hörer griff.

Am anderen Ende der Leitung: »Hier spricht Margot aus dem Tennisclub. Ich war am Vormittag leider verhindert«, legte sie sofort los. »Über Verstorbene soll man ja nichts Schlechtes sagen, doch der Bischoff ist ein seltsamer Heiliger gewesen. Er hat immer seriös getan, aber war hinter allen Weibern her. Ich habe ihn ja abblitzen lassen, diesen Halodri. Bei mir konnte er nicht landen. Seitensprünge kommen in meiner Ehe nicht vor. Bei einigen lockeren Tussis hat er wohl Erfolg gehabt. Hilde, die Wilde und Susi. Die beiden Gänse sind ihm auf den Leim gegangen. Zuletzt gab es da diese Friseuse. Marie heißt sie. Die war ja ganz vernarrt in ihn und hat dauernd mit ihm gespielt. Ich will ja niemanden anschwärzen, aber diese dummen Dinger, – na ja!« Knacken in der Leitung.

Der Kommissar legte daraufhin den Hörer mit spitzen Fingern auf. »Natter« stieß er hervor und ließ sich in den Bürosessel fallen.

Am frühen Abend erschienen die beiden Kriminalisten erneut auf der Tennisanlage. Es herrschte reges Treiben auf allen Plätzen, was bei Kolbe ein schlechtes Gewissen hervorrief. Mit der Beschwichtigung, »mir fehlt die Zeit« verdrängte er schnell den Gedanken, dass etwas mehr Bewegung nach Dienst ihm guttun würde. Sie trafen auf der Terrasse sitzend nur den Platzwart, laut Namensschild »Günter Bleschke«. Der drahtige, schlanke Mann gönnte sich eine kleine Pause.

Er platzte mit der Frage heraus: »Wollen Sie nicht Mitglied werden? Wir haben gerade etwas Schwund.« Die Beamten schauten verdutzt und er fuhr fort: »Haben Sie nicht gehört? Unser Damen-Trainer ist doch in der Badewanne umgekommen. Und – wie man von der Putzfrau hört – alles voller Rotwein. Was für ein Tod!« Er grinste »Da werden einige Tränen geflossen sein – bei den Frauen – und manche Herren müssen das auch erst mal verdauen.«

»Wieso?«, wunderte sich Hanke.

»Er hatte ein Stein im Brett bei jüngeren Damen. Hat die eine oder andere vernascht, wird gemunkelt. Das kam nicht immer gut an. Hat auch Geschäfte gemacht, hier im Verein – manche hat all das gestört ... Ich muss wieder auf den Platz. Wo wollen Sie überhaupt hin?«

»Zum Vorstand, Sie wissen schon, wegen der Mitgliedschaft«, antwortete der Kommissar, mit den Augen zwinkernd. Der Platzwart deutete auf einen Herrn reiferen Alters, der für diesen Abend den Schläger zur Seite gelegt und dafür ein Glas Bier in die Hand genommen hatte.

Die Polizisten gingen auf diesen Mann zu, der sie sogleich ansprach. »Meine Frau hat mir ihren Besuch schon angedroht, aber ich kann ihnen gar nichts Genaues berichten. Bin alt und kaum noch aktiv. Finn hat die Damen trainiert. Das wissen Sie ja bereits. Ansonsten hat er sich hauptsächlich mit Ranglisten-Spielern auf und neben der Anlage getroffen. Sehen Sie auf Trainingsplatz 2, mit Frank und Dennis zum Beispiel. Mit denen hat er sich oft gemessen, auch gefeiert. Dort drüben, mit Alfred hatte er ebenfalls zu tun, obwohl der kein so versierter Sportler ist.«

Die Beamten wandten sich den beiden zu, die verschwitzt und abgekämpft ihr Match beendet hatten.

Die zwei Männer hatten sich Handtücher über die Schultern geworfen und unterbrachen ihren Weg in die Umkleideräume für ein paar Worte: »Finn war ein fairer Sportsmann. Er hat eine Lücke im Verein hinterlassen und wird uns als Gegner fehlen. Für die Damenmannschaft ist er unersetzlich.«

Zwei Plätze weiter, etwas abseits, fanden sie Alfred, der Aufschläge geübt hatte. Außer Atem strich er sich einige Schweißtropfen und die wenigen Haare aus seiner hohen Stirn. Er rückte die Brille zurecht. »Ich arbeite an der Technik und an der Figur. Bin nicht so sportbegeistert und -begabt. Meine Frau Margot hat mich überredet hier mitzumachen. Sie schwärmte von dem Trainer. Außerdem sei der ein hervorragender Gartenbauer. Den müssten wir unbedingt kennenlernen. Ich habe ihn dann engagiert, unseren Garten neu zu gestalten. Mit dem Ergebnis waren wir zufrieden. Aber sein Honorar war unverschämt hoch. Im Übrigen sind einige Arbeiten ihrer Auffassung nach überhaupt nicht nötig gewesen.« Hanke machte sich Notizen auf dem Spiralblock.

Auf dem Rückweg von der Tennisanlage sinnierte der Polizeihauptmeister: »Leutselig der Mann! Wie kann seine Frau nur so doppelzüngig sein? War es die hohe Rechnung, die Margots Meinung so verändert hat?«

»Geld beeinflusst den Charakter«, meinte Kommissar Kolbe, »und wenn man es schuldet, vielleicht noch mehr«. Er fuhr bedächtig fort, indem er das Programm für den nächsten Tag festlegte. »Morgen nehmen wir uns die Friseuse vor. Die scheint Bischoff ja gut gekannt zu haben. Außerdem: Die genauen Ergebnisse der Leichenschau müssen wir uns besorgen und auswerten.«

Bevor sie am nächsten Morgen aufbrachen, lag der Bericht des Pathologen auf dem Tisch. Kolbe las vor:

»Der Tote ist in der Badewanne erdrosselt worden. Der Täter hat vermutlich Gummihandschuhe getragen. Entsprechende Spuren finden sich an den Würgemalen seines Halses. Er hatte zuvor einen Stromschlag erhalten. Darauf deuten die Untersuchungen an der Leiche hin. Mutmaßlicher Tatzeitpunkt: Montag am Spätnachmittag oder frühen Abend.«

Marie faste Kamm und Schere etwas fester, als die beiden Beamten den Frisiersalon betraten. Die setzten sich. Schauten sich um. Sie hatte diesen Besuch erwartet und sich vorbereitet.

Noch am selben Abend hatte sie Jan den Todesfall gebeichtet, hatte sie ihm den Hergang genau erzählt: »Finn ist ein Tennis-Ass und ein geschickter Verführer, ein schlimmer Finger. Ich habe vermutet, dass er auch mich nach dem Training zu sich nach Hause einladen würde. Ich hatte einen kleinen Anschlag vor, wollte ihm eine Lektion erteilen, weil ich von seinen Gemeinheiten gehört hatte. Wie gewöhnlich verschwand er ganz schnell im Bad, um sich frisch zu machen. Stieg sogar in die Wanne. Ich sollte ihm die Kopfhaut massieren, als er bei Rock und Rotwein darin saß. – Ein Freundschaftsdienst, sozusagen! - Ich bin zum Schein darauf eingegangen, wollte ihm stattdessen die Haare pink färben. Als ich vergeblich versuchte, das Fläschchen mit der Farblotion zu öffnen, hab ich gegen den Ghettoblaster auf dem

Wannenrand gestoßen. Der rutschte ins Wasser. Es zischte. Finn hat sofort das Bewusstsein verloren. Ich habe mich fürchterlich erschrocken. Bekam Panik. Habe eilig Spuren verwischt. Handschuhe und Reiniger hatte ich ja dabei. Bin geflüchtet.«

Jan hatte sich alles angehört und erstmal geschwiegen. Nachfragen, insbesondere zu dem »Bärchen«, hatte er sich verkniffen.

»Du kannst cool bleiben«, hatte er sie zu beruhigen versucht. »Es sieht aus wie ein Unfall und keiner kennt den Hergang, wenn du ihn nicht selber ausplauderst. Wirst du gefragt, erzähl Belanglosigkeiten über deinen Besuch. Zudem war seine Herzschwäche bekannt.«

Marie hatte zustimmend genickt. Sie hatten während des Gesprächs gegessen. Es hatte ihr sichtlich geschmeckt, insbesondere der Wein. Sie schaute entspannt, hatte sich auf dem Esszimmerstuhl zurückgelehnt, die Tränen getrocknet, sich nicht mehr ständig die Haare aus dem Gesicht gestrichen. Die zweite Weinflasche war da schon halbleer.

Sie wollte ungestört vom Geschnatter und den Ohren der Kolleginnen und Kunden mit den Polizisten reden. »Kommen Sie hier in den Nebenraum. Machen Sie sich's bequem!« Nach wenigen Minuten war sie mit dem Frisieren fertig.

Hanke begann recht unvermittelt: »Sie wissen, weshalb wir hier sind?« Marie bejahte. Die Befragung der Leute im Tennisclub war ihr zugetragen worden. Ihre Stimme klang heiser. Das war immer so, wenn das Herz ihr bis zum Hals klopfte.

»Man sagt Ihnen ein recht inniges Verhältnis zu dem kürzlich verstorbenen Herrn Bischoff nach.«

»Behauptet das etwa Margot, die falsche Schlange?«, zischte die Friseuse. »Die hat doch mal probiert, sich an Finn ranzuschmeißen, ist aber abgeblitzt; hatte überhaupt keine Chance. Dann hat sie versucht ihn durch einen Auftrag zu ködern. Hat nichts genutzt. Jetzt – am Ende – können Sie den nicht mal bezahlen. Die sind doch fast pleite. Und ihre Frisur! Auf ihrem Kopf sieht es aus wie auf einem umgepflügten Rübenacker«, ließ sie ihr fachmännisches Urteil einfließen.

Kolbe unterbrach den Wortschwall, mit dem sie ihre innere Spannung abzubauen suchte. »Sie waren die Letzte, mit der Bischoff lebend gesehen wurde.« Marie war sich nicht sicher, welchen Zeitpunkt er genau meinte und wie viel die Polizisten wussten.

Sie antwortete vorsichtig: »Ich war mit ihm auf dem Tennisplatz.«

»Und dann?«, bohrte Hanke nach. »Und dann, kurz in seiner Wohnung, nur um Trainings- und Spieltermine abzustimmen, weil er seinen Kalender zuhause vergessen hatte.«

»Das klingt plausibel, entlastet Sie aber nicht«, murmelten die Polizisten und nickten sich zu. »Im

Schrank des Opfers haben wir zahlreiche Damenunterwäsche vorgefunden. Was sagen Sie dazu?« Sie errötete. »Diese Sammlung kenne ich nicht«, entgegnete sie völlig überrascht und etwas hilflos. Sie fuhr fort in einem leicht gereizten Unterton: »Die hat er wohl aus Sporttaschen gefischt. Er benahm sich manchmal komisch. Wir waren nur locker befreundet.«

»Wir haben da Slips in unterschiedlichsten Ausführungen und Größen gefunden«, legte Hanke nach. »Da sehen Sie! Ein Kleptomane und Perverser. Vermissen auch andere Damen Dessous?«, ging sie grollend in die Offensive.

»Es hat noch keine einen Diebstahl angezeigt. Vermutlich wurde ihm die Wäsche freiwillig überlassen«, so Kolbe.

Marie hatte sich seit Gesprächsbeginn an beiden Enden eines langen Kamms festgehalten, der jetzt in der Mitte zerbarst. Ihre anfängliche Furcht und Nervosität war Ärger gewichen. »O.K. Ich gebe zu, wir haben uns einst gut verstanden. Ich habe alsbald vermutet, dass er mir untreu ist. Deshalb habe ich Schluss gemacht«.

»Wirklich?«, warf Kolbe ein. »Na ja, wir haben es gemeinsam beschlossen«.

»Tatsächlich?«, wiederholte der Kommissar lauter.

»Ach, er hatte einfach keine Zeit mehr für mich«, räumte Marie ein.

»Und – wie hat es sich angefühlt, vom Liebhaber abserviert zu werden? Weder Wut, noch Rachegefühle?«

Schulterzucken. »Ich habe ja schließlich Jan, meinen Mann«.

Die Ermittler runzelten die Stirn. Kolbe setzte erneut an, und das mit erhobener Stimme: »Herr Bischoff ist nicht verunglückt. Nach Aussage des Gerichtsmediziners ist er ermordet worden«.

Der Boden unter Maries Füßen fing an zu schwanken. War man ihr auf die Schliche gekommen?

Hanke ergänzte: »Heutzutage funktionieren die Sicherungsschutzschalter so schnell, dass nicht viel passiert, wenn Strom auf Wasser trifft. Da hat jemand nachgearbeitet.« Die Beamten beobachteten, dass sie sich vor Überraschung setzen musste, geschockt wirkte. Aber im nächsten Moment entspannten sich ihre Gesichtszüge und sie schwieg nachdenklich. Sie konnte ihn nicht getötet haben, so ging es ihr durch den Kopf. Sie hatte das Bad verlassen, kurz nachdem das Radio ins Wasser glitt. Wer ist es gewesen, fragte sie sich? Ihr fehlten die Worte, was selten vorkam.

»Haben Sie ihn umgebracht? Sie waren bei ihm und hatten ein Motiv!«, bellten die Beamten und schauten sie dann schweigend an.

»Nein, nein, unsere Affäre war doch schon lange vorbei. Es gab keine großen Gefühle mehr.

Da haben vielleicht auch noch andere eine Rechnung mit ihm offen gehabt«, entgegnete Marie, als sie langsam ihre Sprache wiederfand.

Kurz darauf verabschiedeten sich die Beamten.

»Die junge Frau wirkte eher nachdenklich, zeigte keine Spur von Angst. Sie war überrascht und verwirrt«, bemerkte der Kommissar nach Verlassen des Geschäftes.

»Ich kann mir keinen Reim auf ihre Reaktion machen«, so Hanke auf dem Rückweg ins Büro. »Diese zierliche Person macht auf mich weder den Eindruck einer hitzigen Rächerin noch einer kaltblütigen Mörderin«, fuhr er fort.

»Oder sie hat sie sich nur geschickt verstellt? Hat sie die Wahrheit gesagt? Verschweigt sie uns etwas? Wir müssen ihre Aussagen und ihr Verhalten überdenken«, entgegnete Kolbe.

In den folgenden Tagen intensivierten die Kriminalisten ihre Bemühungen und suchten in seinem privaten Umfeld nach Spuren, die sie mit dem Mordfall in Verbindung bringen konnten. Sie nahmen sich Finns Nachbarschaft in der Straße vor. Einem Rentner, der seine Blumen gegossen hatte, war nicht entgangen, wie Marie allein aus dem Haus gekommen war, eine Weile, nachdem sie es mit Bischoff zusammen betreten hatte. Sie trafen eine Frau, die das halbe Viertel kannte, weil sie wohl ihre alten Tage meist hinter der Gardine verbrachte. Sie gab zu Protokoll:

»Im Laufe des Nachmittags haben weitere Leute das Haus aufgesucht. Sie haben geklingelt und sind umgehend wieder gegangen, da niemand reagiert und sie eingelassen hatte. Dann war eine untersetzte Halbglatze erschienen und mir aufgefallen. Sie hat, ohne zu läuten, die Tür aufgedrückt und das Gebäude betreten. Die Person hielt sich dort nur kurze Zeit auf. Beim Verlassen hatte sie es auffallend eilig und wirkte aufgelöst. Diesen markanten Kopf auf Genießerfigur habe ich schon mehrmals gesehen. Hell gekleidet, brauner Teint, herbstblond und Brillenträger.«

Der Mann kam den Polizisten bekannt vor – Alfred aus dem Tennisclub. Sie luden ihn zur Befragung auf das Revier vor.

Er erschien pünktlich zum angegebenen Termin, kam direkt von der Arbeit, wirkte etwas gehetzt und aufgedreht. Nachdem er sich auf den Stuhl hatte fallen lassen, begannen die Beamten sofort mit der Vernehmung.

»Zeugen haben Sie auf der Straße gesehen. Sie sind am Montagnachmittag in das Haus mit der Wohnung des Todesopfers eingedrungen.«

Er stutzte. »Eingedrungen? Die Haustür ist meistens unverschlossen. Und ich bin kein Fremder! Ja, ich war dort. Ich hatte in der Gegend zu tun und wollte ›Guten Tag‹ sagen«, räumte er ohne Umschweife ein.

»Einfach so?«, fragten die Polizisten.

»Ich hatte auch noch etwas zu besprechen. Das war der eigentliche Grund meines Besuchs«, fuhr er fort. »Ich wollte um Stundung bitten. Bischoff konnte mir jedoch keinen Aufschub gewähren. Er war schon tot, als ich durch die angelehnte Wohnungstür das Appartement betrat. Ich habe ihn nicht ermordet«, beteuerte er. »Warum sollte ich wegen ein paar zusätzlich geschuldeten Tausendern einen Menschen umbringen. Die Verbindlichkeiten bei jedem anderen Gläubiger sind doppelt und dreifach so hoch. Um mich von der Last zu befreien, hätte eher mein Kreditberater dran glauben müssen«, stieß er fast verzweifelt und nach Atem ringend hervor.

Die Polizisten hörten ihm aufmerksam zu. Allein die geringen Schulden bei Bischoff konnten kein ausreichendes Tatmotiv sein. Dieser Mann wirkte nicht impulsiv und kontrolliert. Gab es einen weiteren Grund, den er verschwiegen hatte? Meinte er, dass Finn ein Verhältnis mit seiner Frau hatte? Kamen deshalb Rachegefühle hinzu? Alfred bestritt so etwas.

»Wir sind schon lange verheiratet. Haben einiges durchgestanden. Sie geht mit mir durch dick und dünn«, schwor er auf die Treue seiner Taube.

»Aber warum haben Sie das Gebäude so fluchtartig verlassen?«, fragte Hanke.

»Mir hat der Anblick der Leiche in der Badewanne einen fürchterlichen Schreck eingejagt«, erklärte er mit leiser Stimme, »Ich ahnte, dass ich leicht in Verdacht geraten würde, wenn mich dort jemand sehen oder antreffen würde. Das ist auch der Grund, weshalb ich bei der Befragung im Klub nichts von dem Besuch erzählt habe.«

»Mehr Fragen haben wir nicht«, gaben sich die Polizisten vorerst mit diesen Aussagen zufrieden. Sie entließen den Mann.

Nachdem der gegangen war, fassten sie zusammen: »Wir sind nicht entscheidend weiter gekommen. Es gibt bislang zwei Verdächtige, Alfred und Marie. Eindeutige Beweise für die Tat haben sich bei beiden nicht ergeben. Die Motive sind eher dürftig.«

Was ist mit Alfreds Frau?, ging es den Kriminalisten durch den Kopf. Sie hatte die Friseuse stark belastet. Und kein gutes Haar an ihr gelassen. Stutenbeißen, Zickenkrieg aus Eifersucht? Eine heimliche Liebschaft mit Finn hatte Margot weit von sich gewiesen und Marie hatte das bestätigt. Stimmte das?

»Bischoff können wir nicht mehr fragen. Man müsste sie die Höschen durchprobieren lassen«, grinste Polizeihauptmeister Hanke.

»Was bringt das? Slips in allen Größen! Die passen sämtlichen Frauen der Stadt«, entgegnete der Kommissar amüsiert und fuhr fort. »Auch die Untersuchung der Wäsche auf Fingerabdrücke und DNA-Spuren, die auf bestimmte Personen deuten, außer auf Finn. – Fehlanzeige! Sie ist gewaschen worden oder gar unbenutzt. Sehr ungewöhnlich! Wir haben bisher nur haltlose Spekulationen.«

Die Lokal-Zeitung hatte die Schlagzeile gebracht: »*Tennistrainer und Unternehmer zu Hause tot aufgefunden!*« Darunter berichtete sie: »*Wir wissen aus vertraulichen Quellen, dass B. nicht durch eine Herzattacke oder einen Unfall zu Tode gekommen ist. Die Staatsanwaltschaft ermittelt.*«

Das war der Startschuss für die abstrusesten Gerüchte über die Tötung des Junggesellen und Freigeistes. Im Supermarkt hörte man: »Er hat doch stets in Rotwein gebadet. Es war ein Lustmord. Es gab wilde Orgien bei diesem Casanova.« Auf dem Wochenmarkt fragte eine Frau: »Warum hat er meistens mit den jungen Damen gespielt? Was steckt den da bloß dahinter?«

Eine zweite versicherte hinter vorgehaltener Hand: »Diese gelangweilten Tennis-Weiber sind doch fast alle untreu. Einem der Ehemänner hat es wohl gereicht.«

Eine Kundin im Nagelstudio erregte sich: »Ich wusste schon immer: der Bischoff und sein Umfeld – ein Sodom und Gomorrha. Solche Personen haben wir gemieden und werden es auch in Zukunft so halten.«

Verdächtigungen waberten durch die Kleinstadt. Der Staatsanwalt fragte nach: »Die Spekulationen schießen ins Kraut. Was gibt es bislang an konkrete Spuren?«

»Keine! Wir ermitteln in verschiedene Richtungen«, war die kaum befriedigende Antwort der Beamten.

Wenige Tage später lag eine überraschende Meldung auf dem Tisch der Mordermittler. Fahrraddiebstahl. »Müssen wir uns jetzt auch noch um jeden Eierdieb kümmern! Sowas gehört nicht in den Aufgabenbereich!«, stöhnte Hanke.

»Personalknappheit! Da sind Leute erkrankt. Wir sollen die junge Kollegin unterstützen. Sie ist sonst auf sich allein gestellt. Zudem ist uns der Tatort nicht unbekannt. Es handelt sich um ein und dasselbe Haus, in dem der Mord passiert ist ist«, klärte Kolbe auf.

Der Diebstahl des teuren E-Bikes war erst jetzt bemerkt und angezeigt worden, weil der Eigentümer von einer Geschäftsreise zurück war. Die Kellertür an der Rückseite des Gebäudes blieb tagsüber meist unverschlossen, so dass es für den Dieb ein Leichtes gewesen sein musste in das Haus einzudringen. Ein baugleiches Fahrrad war just in einschlägigen Kreisen und im Internet zum Kauf angeboten worden. Das stand in der Notiz, die den Mordermittlern übermittelt wurde.

Sie riefen die Kollegin Elsa Göbel aus dem Einbruchsdezernat an. Die teilte mit: »Nach meinen Nachforschungen steckt ein gewisser Günter

Bleschke hinter der Offerte im Netz. Ich habe ihn zur Befragung vorgeladen.«

Kolbe merkte sofort auf: »Den Vogel haben wir unlängst beim Tennis kennengelernt. Du hörst Dir das mit an«, wurde Hanke abgestellt.

Auf dem Revier schlug ein Mann auf, der in Eile war, aber bereitwillig Auskunft und seine Sicht der Welt zum Besten gab.

»Das Bike ist nicht gestohlen. Weil der Kohlmann im Moment nicht flüssig ist, hat er mir das Rad überlassen. Vorauszahlung quasi. Ich soll den Fußbodenbelag seiner Wohnung erneuern. Mit der Diebstahlsmeldung will er doch tricksen, vermutlich von der Versicherung kassieren. So kommen reiche Leute zu ihrem Geld. Die armen legen sie dabei aufs Kreuz. So wird's immer gemacht. Die betrügen – wir geraten in Verdacht. Pfui Teufel!« Dann fragte Bleschke die Ermittlerin: »Habt ihr denn Ein- und Aufbruchspuren oder Fingerabdrücke im Keller gefunden?«

Sie schüttelte den Kopf: »Bis auf einige kleine Metallreste, die von überall herstammen können, haben wir nichts entdeckt.«

»Darf ich jetzt wieder gehen?« Göbel nickte. Der Befragte verließ den Raum.

Hanke verschwand ins Nebenzimmer. »Ich nehme mir Ferdinand Kohlmann vor, den ehemaligen E-Bike-Besitzer. Den rufe ich an.«

»Ein Bleschke ist mir unbekannt«, behauptete der. »Mit Bischoff war ich bekannt. Er hat irgendwann einmal von jemandem gesprochen, der Wohnungen herrichten könnte. Dieser hatte aber damals angeblich keine Zeit. Deshalb habe ich vor einem knappen Jahr meine Bude selber gemalert und neu tapeziert. Das lässt sich vorzeigen. Jedermann in der Nachbarschaft hat es beobachtet und mir ›natürlich‹ gute Ratschläge gegeben.«

Kolbe recherchierte parallel dazu über Bleschke und berichtete: »Er ist früher schon einmal aufgrund eines Diebstahls in Brandenburg in Erscheinung getreten. Keine große Sache. Er ist dann vor einigen Jahren hier an die Küste gezogen. Wegen seines Asthmas. Ihm bekommt die Luft hier besser. Seitdem hat der Mann sich nichts zu Schulden kommen lassen. Er hat einen gering entlohnten Job als Platzwart im Tennisclub. Weil er handwerklich beschlagen ist, bessert er sein Einkommen durch gelegentliche Gefälligkeiten für Bekannte auf.«

Das Trio beriet über die Frage: War das Rad gestohlen?

Göbel: »Pleschke hat plausible Argumente zu seiner Entlastung vorgetragen.«

Hanke: »Kohlmann behauptet, dass er den Mann gar nicht kennt.«

Hat der Platzwart mit dem Mordfall zu tun? Kolbe ging die unstrittigen Fakten noch einmal durch:

»Derselbe Ort. Fingerabdrücke fehlen gänzlich. Das ist auffällig. Kann das in diesen beiden Fällen ein Tathinweis sein? Gibt es Arbeitshandschuhe, die sowohl zum Aufbruch des Fahrradschlosses wie beim Erdrosseln des Opfers benutzt worden waren? Außerdem dürfte der Verdächtige immer mal knapp bei Kasse sein. Wir bitten die Staatsanwaltschaft um eine Durchsuchung seiner Wohnung«, war sein Fazit.

Was sie suchten, fanden sie nicht. Keine in Frage kommenden Handschuhe, keine Einbruchswerkzeuge, kein Diebesgut. Das Rad stellten sie sicher. Sonst entdeckten sie nichts, was ihn mit den untersuchten Fällen in Verbindung bringen konnte.

Nach diesem Fehlschlag war guter Rat teuer. Trotz gemeinsamer Anstrengung waren sie einer Lösung ihrer Fälle nicht näher gekommen. Die drei berieten die weiterhin offenen Themen. Das E-Bike, das Bleschke annonciert hatte, war vermutlich nicht gestohlen. Vorbesitzer, gemäß Überprüfung des Rades, Ferdinand Kohlmann. *Warum hatte er einen Diebstahl angezeigt? Weshalb wollte er diesen Mann nicht kennen? Ging es nur um Versicherungsbetrug? Gab es überhaupt einen Zusammenhang mit dem Mordfall im selben Haus?*

Um Antworten zu bekommen, schlug die Ermittlerin vor: »Wir sollten uns diesen Menschen einmal genauer ansehen. Wir treffen uns morgen um 9:00 Uhr an seiner Wohnung.«

»Guten Tag«, wünschten Göbel und Hanke dem schmächtigen Endvierziger, der in einem knallbunten, halboffenen Bademantel die Tür öffnete. »Wir haben noch einige Fragen zu den Ereignissen der letzten Tage«, sagten sie, nachdem sie sich vorgestellt hatten.

Kohlmann bat sie herein, ließ sie Platz nehmen: »Entschuldigen Sie die Unordnung! Bin Single! Reise in Damenunterwäsche – kleiner Scherz – ich verkaufe sie.«

»Machen Sie das in diesem Aufzug?«, fragte etwas pikiert die Polizistin.

»Manche der Kundinnen hätten sicher nichts dagegen, aber die Firma sieht sowas nicht gern, offiziell jedenfalls. Nein! Erwarte meine Gespielin. Sie liebt es, wenn ich Farbe in ihr Leben bringe.«

»Wer ist denn die Glückliche?«, interessierte sich Frau Göbel.

»Diskretion! Diskretion!«, wurde ihr mit gespielter Entrüstung entgegnet, »Das Liebesleben des Bürgers ist wohl Privatsache.«

»Kommt darauf an«, kam es daraufhin zurück.

»Thema durch!«, beendete der Kollege das Scharmützel. Er übernahm nun die Gesprächsführung und befragte den Gastgeber nach seinem Verhältnis zu den Nachbarn und speziell zu Bischoff.

»Durch meinen Beruf bin ich oftmals nicht zu Hause. Die Leute hier sind mir nur flüchtig bekannt, Finn etwas besser. Er hat mich gelegentlich in eine Kneipe mitgenommen, die gleich hinter unserem Grundstück liegt. Sie gehört so einer aufgehübschten Fregatte aus dem Tennisclub. Da treffen sich öfters ein paar Spieler, um etwas zu trinken. Mit dem Sport habe ich's ja nicht so. Ich liebe eher die Geselligkeit. Das ist bei vielen Tennisleuten ähnlich. Man trifft dort aber auch andere Leute, die unterschiedlichsten Typen.«

»Haben Sie da ihre Auserwählte kennengelernt?«, unterbrach ihn die Polizistin.

»Volltreffer!«, entfuhr es Kohlmann. »Hat sich gleich an mich rangeschmissen und den feschen Finn keines Blickes gewürdigt. Sie weiß eben meine weltmännische Art, meinen Humor und meine sonstigen Qualitäten zu schätzen. Ihren Mann, den Kugelblitz, hat sie schon längst abgeschrieben. Ansonsten hab‹ ich kaum Kontakte im Haus und im Ort. Komm‹ halt viel herum und bin selten hier. Deshalb hab ich auch den Verlust des Rades nicht gleich bemerkt. Wer weiß, wie lange das schon weg ist und wie es zum neuen Besitzer gelangt ist.«

»Das hätten wir auch gern geklärt«, meinte die Polizistin. Sie verabschiedeten sich alsbald.

Die junge Ermittlerin kochte: »Was für ein arroganter, selbstverliebter Pinsel.«

»Vielleicht nutzt ihm das in seinem Beruf«, beruhigte Hanke und fuhr fort: »Macht mit verheirateten Frauen herum. Deshalb prahlt er zwar mit seiner Eroberung, nennt aber nicht den Namen. Haben Sie bemerkt? Die Wohnung ist erst kürzlich gestrichen worden. Die Farbwahl ist etwas gewöhnungsbedürftig, über Geschmack lässt sich jedoch streiten. Es war sicher kein Handwerker, der da den Pinsel geschwungen hat. In diesem Punkt wird seine Aussage stimmen. Wie aber verhält es sich mit dem Rad? War es eine Anzahlung oder wurde es gestohlen? In der Kneipe haben sie alle verkehrt, Wir werden uns dort umhören. Legen Sie erstmal eine Pause ein und regen Sie sich ab. Ich werde mit Kolbe eine Abendschicht einlegen. Er liebt solche Lokalitäten«

Zur treuen Seele hieß die gemütliche Gartenkneipe, die die Beamten gegen 20:00 Uhr betraten. Sie nahmen an der Theke Platz. »Hier begegneten sich also Leute aus der Nachbarschaft, lustlose, aber vermutlich trinkfeste Sportsfreunde, großspurige Vertreter und der ›Schlüpferstürmer‹«, stellte Kolbe fest.

Sie trafen erstmal so gut wie niemanden. Hinter der Theke langweilte sich eine Bedienung, die an Tagen, an denen die Wirtin verhindert war, die durstigen Gäste versorgte. Sie erklärte die Leere im Lokal mit dem Wetter und der Mitgliederversammlung im Club, auf der man sich mit den jüngsten Turbulenzen nach dem Tod Finn Bischoffs beschäftigen wollte. Sie bestellten: Kolbe ein Bier, Hanke ein Wasser, ihr gaben sie einen Cocktail aus. Sie wurde leutselig und man plauderte munter miteinander. Die Polizisten lenkten das Gespräch auf die männlichen Gäste, die hier verkehren.

»Alles Langweiler«, so die Auskunft, »und ein paar Spinner. Da sind die Tennisleute. Mit steigendem Alkoholspiegel steigen auch deren sportliche Erfolge. Sie überbieten sich in ihren Fähigkeiten. Nach dem dritten Halben werden die Spiele, die sie am Nachmittag elendig verloren hatten, wie glorreiche, nur unglücklich durch die Niedertracht des Schiedsrichters verschobene Matches geschildert.«

Sie fuhr fort: »Dann die Kaninchenzüchter; die reden nur über ihr Viehzeug. Jetzt wurde einer ihrer preisgekrönten Rammler geklaut, ihr bestes Stück. Misstrauen hat sich unter ihnen breitgemacht. Wechselseitige Verdächtigungen werden geäußert, Zwietracht ist gesät. Jahrzehntelange Freundschaften sind zerbrochen. Was für ein Drama. Sie zechen hier kaum noch gemeinsam.«

Ungeachtet dieser Tragödie bohrte der Kommissar nach: »Was ist mit den Spinnern?«

»Es gibt den Günter Bleschke. Der erklärt jedem die Welt und beklagt ihre Ungerechtigkeit, ob man es nun wissen möchte oder nicht. Er will sie retten und deshalb seit Jahren eine Partei gründen. Soll er! Vielleicht kann er ja unter den Karnickelfreunden Frieden stiften und sie auf seine Seite ziehen. Dann geht er den übrigen Gästen nicht mehr auf die Nerven.«

Während sie ein paar Biergläser spülte, fuhr sie schmunzelnd fort: »Manchmal kommt auch der schöne Ferdinand vorbei. Schön, findet er sich selber jedenfalls. Ein Unterwäschevertreter. Den hat Finn Bischoff irgendwann angeschleppt. Ein Paradiesvogel, so wie er sich kleidet und gibt. Macht auf dicke Hose. Baggert die weiblichen Gäste an. Erzählt von seinen Flugreisen und Kreuzfahrten und wie er es dort hat krachen lassen. Manche Leute finden das unterhaltsam. Macht sich in letzter Zeit rar. Hat wohl jemand beeindruckt mit seinen Geschichten und abgeschleppt. Diese Damenbekanntschaft scheint länger als üblich zu halten.«

Den Namen von Kohlmanns neuer Freundin konnten sie der Bedienung auch durch geschicktes Fragen nicht entlocken. Sie hatte damals keinen Dienst gehabt, wie sich herausstellte, und kannte ihn deshalb nicht.

Sorgfältig schenkte sie eine Runde Likör für drei ältere Damen ein. Dabei bemerkte sie über die besagten männlichen Gäste: »Beide schauen manchmal tief ins Glas. Ferdinand lässt dann für die Bedienung etwas springen, dagegen sind bei Günter die Taschen zugenäht. Aber der hat auch kein Geld, wenngleich er mit seinen Nebengeschäften angibt.«

»Was für Geschäfte?«

»Verkauft Sachen über das Internet. Er ist gleichfalls handwerklich recht geschickt. Renoviert mal hier, mal dort, wenn sein Job als Platzwart das zulässt. Auch mit Kohlmann, so hörte ich im Vorbeigehen, ist er einig geworden, ihm einen neuen Fußboden zu verlegen. Bezahlung – sein E-Bike.«

Nachdem man noch einige Belanglosigkeiten ausgetauscht hatte, verließen die Polizisten das Lokal, nicht ohne die Zeche nach oben aufgerundet zu haben. Der Mond schien. Sie nahmen nebenher wahr, dass der weitläufige Garten an das Grundstück des Tatortes grenzte. »Von hier aus kann man ohne Umstände die Kellertür an der Rückseite des Hauses erreichen. Ideal, wenn man öfters großen Durst hat«, murmelte Kolbe.

Hanke war bester Stimmung, als er am Morgen nach dem Kneipenbesuch ins Büro kam. »Der Diebstahlsfall ist abgeschlossen. Das gemeldete Delikt hat es nicht gegeben. Bleschke hat die Wahrheit gesagt«, berichtete er der Kollegin. »Was mit Kohlmann zu passieren hat, wird man sehen.«

Als Kolbe wenig später eintraf, erläuterte er dem Partner seinen Plan: »Das Wohnhaus, seine Bewohner und Besucher nehmen wir nochmals unter die Lupe. Insbesondere bei dem Vertreter lohnt es sich, auf den Busch zu klopfen. Er hat gelogen und damit jemanden in Schwierigkeiten gebracht. Vermutlich will er seine Versicherung betrügen. Anders als beim ersten Mal überraschen wir ihn diesmal mit unserem Besuch.«

Am Freitagmittag klingelten sie an der verschlossenen Haustür. Keine Reaktion, obwohl aus dem geöffneten Fenster seiner Wohnung leise Musik zu hören war. Sie schellten erneut und ein drittes Mal. Erst nach Rückfrage über die Sprechanlage wurde der Türöffner betätigt und die Tür ließ sich aufdrücken. Sie stapften die Treppe hinauf ins Dachgeschoss. Unterwegs begegnete ihnen eine Frau, die das Gesicht hinter einer großen Sonnenbrille verbarg. Sie hatte es eilig und verschwand im Keller. Die Mordermittler schauten sich an.

Kohlmann empfing sie an der Wohnungstür in seiner üblichen Freizeitkleidung.

»Hallo! Sie sind mir bekannt, der andere Herr nicht. Womit kann ich dienen?«

Kolbe wies sich aus. Er war damals nicht dabei gewesen.

Der Vertreter zeterte: »Was kann ich denn jetzt für Sie tun? Mit den Kollegen hatte ich ja schon das Vergnügen. Das Wochenende ist mir heilig.«

Hanke holte tief Luft und begann bedächtig: »Wir wollen nicht lange stören. Es sind noch ein paar Fragen offengeblieben, bei deren Beantwortung Sie uns vielleicht helfen können«. Kohlmann beruhigte sich etwas und bat sie, im Wohnzimmer Platz zu nehmen. Auf dem Weg dorthin bemerkten sie, dass in der Küche zwei Kaffeetassen standen. Aus der Spüle ragten Sektgläser hervor.

Als sie sich gesetzt hatten, hub der Kommissar unverzüglich an: »Es geht um die Bekanntschaft mit Herrn Bleschke.«

»Unbekannt. Habe ich bereits gesagt«, antwortete der Gegenüber jetzt unwirsch. »Sie sind aber im Gespräch mit ihm in der Treuen Seele gesehen worden.«

»Wie? Wann? Ich bin dort ganz selten.«

»Es ging um ihren Teppichboden. Und nicht ohne Grund«, mit dem Kopf auf den Wohnzimmerboden deutend. Nach kurzem Nachdenken: »Ich kenne da nur einen Günter näher. Dass dessen Nachname Bleschke ist, wusste ich nicht. Fast alle reden sich dort nur mit dem Vornamen an.«

Hauptmeister Hanke setzte nach: »Er sollte ihnen den Bodenbelag erneuern und Sie haben ihm dafür ihr Rad versprochen.«

»Habe ich das? Es war ziemliches Gelage, da redet man mancherlei Unsinn. Kann mich kaum erinnern«, suchte er sich aus der Affäre zu ziehen. »Dafür haben Sie aber die Details der Abmachung sehr genau festgelegt, wie wir feststellen konnten: Die Termine stehen fest, der Teppich ist bereits ausgesucht.« Der Vertreter schwieg unüberhörbar.

»Warum haben Sie denn ihr E-Bike als Bezahlung angeboten?«, bohrte Hanke nach.

»Man ist als Selbständiger nicht immer flüssig und diese Räder sind beliebt.«, bekamen sie zur Antwort.

»Und warum haben sie es dann als gestohlen gemeldet?«, jetzt Kolbe.

»Muss im Suff vergessen haben, dass ich es weggegeben hatte«, war die wenig überzeugende Auskunft. Ferdinand wischte einige Schweißperlen von der Stirn.

Hanke wollte ihn nun aus der Reserve locken. »Als wir zu ihnen hochgestiegen sind, sahen wir eine Frau aus ihrer Wohnung kommen.« Das war nur eine Behauptung, weil er den oberen Teil der Treppe gar nicht hatte einsehen können. Er fuhr fort: »Sie trug eine Sonnenbrille, obwohl der Himmel von Wolken bedeckt ist, hatte es eilig und versuchte, ihr Gesicht zu verbergen. Haben Sie ihr etwa einen kräftigen Schlag aufs Auge verpasst?«

Kohlmann sprang auf: »Ich verprügele doch keine Frauen! Schon gar nicht, wenn sie mir nahe stehen!«

»Wie nahe denn?«, fragte Kolbe.

Ferdinand war irritiert und verunsichert. Er wich aus: »Eine flüchtige Bekannte.«

Hanke machte mit einer List weiter. »Wir werden ihr Gesicht vom Arzt untersuchen lassen, um Körperverletzung auszuschließen. Name, Adresse, Telefon!«

Die Verdächtigung quälte Kohlmann und er wollte sie ausräumen. Er wand sich. »Die Sache ist heikel. Ihr Mann darf nicht erfahren, dass sie hier war.«

Die Beamten nickten verständnisvoll. »Wir laden nur sie auf das Revier. Den Arzt lassen wir erstmal weg.« Der Vertreter schrieb den Namen und die Handynummer auf einen Zettel.

Als sie wieder im Büro saßen, fasste Kolbe zusammen: »Die Befragung der übrigen drei Hausbewohner zu Beginn der Untersuchung hat nichts erbracht. Sie sind berufstätig. Man sieht sich gelegentlich im Treppenhaus, geht seiner Wege. Vielleicht ergibt das Interview mit dieser Dame, die sich bisweilen im Haus aufhält und Bischoff zumindest flüchtig kennt, einen Hinweis.«

Das Interesse wurde umso größer, als die Beamten sich den erhaltenen Notizzettel genauer anschauten. Kolbe sprach vor sich hin: »Margot Müller, ein häufiger Name, aber: so heißt auch das Clubmitglied, das Schulden bei dem Gartenbauer hat. Und eine Margot hatte am Telefon das Mordopfer schlecht aussehen lassen und sich über das Treiben im Club abfällig geäußert.« Sie waren gespannt auf die, die da kommen würde.

Es erschien eine Dame Anfang fünfzig, die, im Gegensatz zu der flüchtigen Begegnung auf der Treppe, sehr sorgsam, aber ein wenig altmodisch gekleidet war. Sie schien unversehrt. Etwas anderes hatten sie auch nicht erwartet. Es war eine aus den zahlreichen Angaben Ferdinand Kohlmanns, die sie nicht angezweifelt hatten. Eine selbstbewusste Frau betrat das Büro und eröffnete von sich aus das Gespräch mit der Frage:

»Wieso hat man mich hierher beordert? Meine Aussage habe ich doch neulich telefonisch übermittelt, sowie Hinweise auf mögliche Täter..«

»Sie haben Verdächtigungen geäußert«, korrigierte Hanke. »Wir wollen mit Ihnen über das Treffen im Treppenhaus und ihre Beziehung zu Kohlmann zu sprechen.«

»Ich bin doch nur eine gute Bekannte des schönen Ferdinand. Habe nichts mit ihm. Unsere Liebe ist platonisch. Wir hatten uns gestritten. Ich wollte weg, endgültig. Deshalb hatte ich es so eilig, als sie mich trafen.« Sie hatte – auch ungefragt – einiges zu erzählen und war – in Schwung gekommen – kaum zu bremsen. »Er kann mir gänzlich gestohlen bleiben, seitdem mir seine Finanzen genauer bekannt sind. Ich hatte ihm bereits einmal mit einem kleinen Betrag ausgeholfen. Jetzt bat er mich um Bares wegen der Leasing-Rate für seinen Mercedes. Großes Auto, aber die Taschen leer! Was soll man denn mit dem? So einen habe ich schon zu Hause. Ferdinand ist tüchtig, verdient ordentlich, lebt jedoch über seine Verhältnisse. Die Kohle ist immer ganz schnell weg. Er verspricht sie zusammenzuhalten und dann schmeißt er sie wieder aus dem Fenster. Er ist ein Aufschneider, ein Trinker, ein Lügner, ein Zocker! Er verspielt sein Geld beim Poker, auch mit Bischoff. Er hat gebeichtet, dass er neulich sogar so blank war, dass er seine Musterkollektion gesetzt – und – verloren hat! Verrückt, dieser Kerl und die Narren, mit denen er sich umgibt!«

Sie musste Atem holen, war jetzt aber so richtig in Fahrt. »Ferdinand kann amüsant sein, unterhaltsam und großzügig. Habe mit ihm in der ›Treuen Seele‹ nur angebändelt, weil ich Bischoff ärgern wollte, diesen arroganten Macho. Der kann so herablassend und abweisend sein. Er hatte wohl was mit Marie, der Schnepfe aus dem Club. Die war auch am Montag in seiner Wohnung. Ich habe doch gesehen, wie sie mit ihm gekommen und ohne ihn gegangen ist, kurz bevor ich aufgebrochen bin. Hatte vorher Ferdinand überzeugt, mit Finn nochmals über die Rückgabe des Geldgewinns zu sprechen. Sie waren damals beim Pokern heillos betrunken.«

»Hat es geklappt?«, fragte Hanke nach.

»Ja, er war am nächsten Tag wieder bei Kasse und hat die Rate an das Autohaus bezahlt«, antwortete Margot. Die Polizisten notierten sich das.

»Haben Sie nicht auch Schulden bei Bischoff gehabt?«, fragte Kolbe.

»Mein Mann, wegen des Gartens, aber das bekommen wir hin«, war die Antwort.

. »Das reicht uns für heute«, beendeten die Beamten das Gespräch und entließen Frau Müller in den Vormittag.

Die beiden Ermittler machten sich umgehend erneut auf den Weg zu dem Vertreter. Sie erwischten ihn an seiner Haustür: »Sie wollen mit reichlich Gepäck verreisen?«

»Ich gehe meiner Arbeit nach.«

»Nur eine kurze Frage: Trotz Ebbe in der Kasse am Vortag, besaßen Sie am Dienstag schon wieder ausreichend Mittel?«

»Die Moneten sind ein Spielgewinn«, behauptete Kohlmann.

Nachfrage: »Mit wem haben Sie denn gespielt?«.

Der Vertreter konnte niemanden benennen und korrigierte sich: »Ich habe das Geld von Bischoff zurückbekommen. Margot hatte drauf gedrungen, dass ich ihn darum bitte.«

»Und? Wie haben Sie ihn denn angetroffen?«

Ferdinand: »Etwas angeschlagen, aber zugänglich.«

»Kurz darauf lag er tot in der Badewanne. Können Sie uns das erklären?«, so Kommissar Kolbe.

Schnelle Antwort: »Das muss danach passiert sein. Finn hatte durch seinen Haupt- und seinen Nebenjob viele Bekannte und ein offenes Haus. Jan, der Landschaftsgärtner und Ehemann von Marie. Der ist doch Konkurrent, in jeder Beziehung! Er hat mehr als ein Motiv.«

Der Kommissar sog hörbar die Luft ein und es wurde einen Moment lang still. Sodann schnarrte er: »Das haben wir längst überprüft. Jan war zuhause. Hat telefoniert. Essen bestellt. Es geliefert bekommen und in Empfang genommen.«

Jetzt fast atemlos: »Dann ist es sicher Alfred Müller gewesen. Der spioniert seiner Frau nach und hatte Bischoff als Liebhaber in Verdacht. Mord aus Leidenschaft!«

Hauptmeister Hanke räusperte sich und brummte: »Wir bitten den Herrn hierher.«

Müller wurde mit einem Streifenwagen aus der Firma abgeholt. Wegen des Auftauchens der Polizei an seinem Arbeitsplatz regte er sich mächtig auf. Auf der Fahrt zu dem Haus, in dem sich der Mord abgespielt hatte, hatte sich Alfred kaum beruhigt.

»Was soll das Theater? Ich habe doch schon alles gesagt«, schnaufte er empört, als er auf das Trio traf. »Es wurde erneut der Verdacht geäußert, Herr Müller, Sie hätten damals noch einen weiteren Grund gehabt bei Bischoff vorbeizuschauen?

Nicht nur die Schulden! War nicht auch Eifersucht im Spiel?«, fragte der Kommissar.

»Nein, wer sagt denn sowas!«, die prompte Antwort und er deutete auf Ferdinand. »Diesem Paradiesvogel und Angeber hat sich meine Frau an den Hals geworfen. Und sie war vermutlich noch bei ihm, als ich mit Finn reden wollte. Habe ihr Auto auf dem Parkplatz der Treuen Seele gesehen. Sie ist doch immer durch den Hintereingang im Keller zu ihrem Gigolo geschlichen. Sie hat geglaubt, das merkt dann keiner. Die Beiden waren im Haus, als der Tennislehrer getötet wurde. Vielleicht sind sie in den Mord verwickelt. Gründe gibt es genug.«

»Welche hat denn ihre Frau?«, fragte der Polizeihauptmeister.

»Sie hat den Bischoff zuerst gemocht und dann abgrundtief gehasst. Ich weiß nicht, wie dieser Umschwung zu erklären ist. Sie spricht nicht darüber.« Und mit abschätzigem Blick zu Ferdinand gewandt: »Auch diesem Ehebrecher, Spieler und Alkoholiker ist einiges zuzutrauen! Er hat Dreck am Stecken, hat Margot erst gestern gesagt.«

Der Angesprochene verzog das rot anlaufende Gesicht. Mit sich überschlagender Stimme mischte er sich ein: »Ja seine Frau, ein aufs Geld versessenes, missgünstiges und rachsüchtiges Wesen, eine Hexe, hat Finn mit Leib und Seele gehasst. An diesem Nachmittag hatten wir schon etwas getrunken. Mit ihrem gottlosen Mundwerk hat sie auf mich eingeredet und überzeugt, zu ihm zu gehen, um den Spielgewinn zurückzufordern. Ist mitgekommen. Die Wohnungstür war nicht verschlossen. Wir sahen ihn in der Wanne liegen, mit dem Radio im Badewasser, bewusstlos oder gar tot – die Chance für sie. Sie hat gefragt, in welcher Schublade das Geld gebunkert war und hat es an sich genommen. Mir einen Teil abgegeben. Als wir aufgebrochen sind, um zu verschwinden, ist Finn zur Besinnung gekommen, hat uns bemerkt und losgebrüllt. Mussten ihn beschwichtigen. Als er nicht aufhörte zu schreien, gerieten wir in Panik. Wollten ihn zum Schweigen bringen. Im Bad lagen Gummihandschuhe herum. Margot hat sie entdeckt und übergestreift. Ist hinter den Benommenen getreten, hat ihn am Kopf gepackt und unter Wasser gedrückt.«

»Das ist ihre Version, Kohlmann«, unterbrach der Kommissar. »Sie haben Täterwissen, aber wahrscheinlich sagen Sie schon wieder nicht die ganze Wahrheit. Bischoff ist erdrosselt worden und dafür braucht man sehr kräftige Hände, ihre vermutlich. Wir werden die Handschuhe finden und den Nachweis führen, wer sie getragen hat. Wie der genaue Tathergang und wer die Täter waren, wir bekommen es heraus. Auch Frau Müller wird uns sicher ihre Version schildern, und über ihre Rolle dabei Auskunft geben.«

»Verlange einen Anwalt, sonst werde ich hereingelegt«, protestierte Kohlmann, als für ihn in seiner Wohnung die Handschellen klickten.

Bei Margot an der Haustür klingelte es: »Schon wieder die Polizei!«,stieß sie hervor, als sie geöffnet hatte.

»Wir werden Sie leider mitnehmen! Es besteht dringender Mordverdacht!«, schalt es ihr entgegen.

Das Gesicht der Frau wurde fahl. Mit kippender Stimme antwortete sie: »Ich bin unschuldig, aber werde als Zeugin zur Verfügung stehen.«

»Packen Sie bitte ihre Sachen! Sie müssen sich jetzt nicht äußern!«

Sie beeilte sich, jammerte vor sich hin: »An was für Höllengeburten bin ich nur geraten! Die taugen doch alle nichts, ob sie Alfred, Ferdinand oder Finn heißen. Sie haben mich ins Unglück gestürzt. Der Teufel soll sie holen! Tot oder lebendig.«

Emma & Ewald

Der Zwischenfall

Spät am Samstagmorgen. Sturmläuten an der Haustür reißt mich aus dem Halbschlaf. Benommen taumele ich aus dem Bett, werfe mir den Bademantel über, stürze die Treppe hinunter ins Erdgeschoss zur Tür. Stoße sie auf. Vor mir steht, blutüberströmt, Ewald Kowalski, ein Rentner aus der Nachbarschaft.

»Was ist passiert?«, rufe ich.

»Emma, meine Verlobte, mein Sonnenschein«, stammelt er.

»Sieht die genauso aus wie du?«, unterbreche ich ihn atemlos.

»Nein! Sie hat mich so zugerichtet«, seine Antwort. »Ich habe wieder über ihren Schweinebraten und ihre Lust auf Fleisch gelästert. Das hat sie mir sehr übel genommen. Sie ist so leidenschaftlich, auch als Köchin, aber ihre Fähigkeiten sind geringer als ihre Begeisterung für Kochlöffel und Bräter.« Kaum hat er das ausgesprochen, tritt die besagte Dame aus dem Nebenhaus. Er fängt an zu zittern.

»Komm mir bloß nicht mehr über diese Schwelle, du Schnarchsack«, grollt sie in seine Richtung.

»Geh zu den Veganern, friss Tapetenkleister mit Körnern! Und nimm deine Saufkumpane gleich mit!«

Als hätte sie einen von ihnen gerufen, kommt Geflügelbauer Oskar, volkstümlich, der Eiermann genannt, geradewegs um die Ecke. Er balanciert auf dem Arm einige Pappen mit frischen Eiern. Nichts sehend und ahnend von dem Vorgefallenen ruft er Emma unbeschwert zu: »Wie geht's mein zartes Püppchen?«

Das rollt mit den Augen und kneift sie zusammen. Wenn Blicke töten könnten, wäre Oskar in Lebensgefahr! Leichte Ironie und platte Komplimente scheint die mit mehr als achtzig Kilo nicht mehr ganz schlanke Dame am heutigen Vormittag schlecht zu vertragen. Sie keift: »Da ist ja der Sendbote aus dem Hühner-KZ. Ich wünsche Dir die Geflügelpest an den Hals.«

»Halt die Luft an, meine Rose«, versucht er sie halbwegs charmant zu beruhigen. Erreicht aber nur das Gegenteil.

Emma lässt jetzt richtig Dampf ab. Sie stellt Oskar ein Bein. Schlägt ihm unter den Arm, so dass die oberste Ladung seiner empfindlichen Ware in seinem Gesicht und auf dem Oberkörper landet; er selbst - auf dem Boden. Die restlichen Pappen schnappt sie sich. »Hier Mädels, die sind für euch«, und lässt sie auf die umliegenden Balkone fliegen. Dort haben sich, durch den Lärm aufgeschreckt, einige Nachbarn eingefunden. Die Zuschauer des Spektakels suchen Deckung. Kreischen. Oskars Produkte werden geschätzt, doch die Nachbarinnen wünschen kein Rührei, schon gar nicht auf der frischen Wochenendgarderobe. Tumulte auf den unteren Rängen, Gejohle bei jedem »Volltreffer« auf den oberen. Der Landmann rappelt sich auf, gewillt zur Gegenattacke überzugehen.

Sirenen heulen plötzlich! Blaues Alarmlicht flackert! Fahrzeugtüren fliegen auf. Polizisten springen heraus. Sie versuchen, sich auf den Beinen zu halten, was nicht immer gelingt. »Die Eiertänzer«, wird gespottet und über die hingeschlagenen gelacht, höhnischer Beifall für die standhaften gespendet.

»Was für eine ›Eierei‹!«, brummt der Einsatzleiter: »Schnappt euch die Übeltäter, sammelt die Opfer ein! Wir bringen wieder Ordnung rein.«

Ich stehe am Fenster. Schaue zu, wie die Autos langsam vom Hof fahren. Der Spuk ist vorbei.

Der Plan

Dunkel liegt die Gartenkolonie am Rande der verschlafenen Kleinstadt. Nur in einer Laube brennt spät in der Nacht Licht. Gläser klirren leise. Verhaltene Prosit-Wünsche, dann hitzige Worte aus dem Innern: »Du darfst hier nicht dauerhaft wohnen! Wenn der Vorstand das spitz kriegt, schmeißen sie mich aus dem Verein. Der neue Vorsitzende ist ein scharfer Hund.«

Ewald schenkt mit zittriger Hand noch einmal nach und antwortet: »Wo soll ich denn hin? Bei Emma darf ich mich so bald nicht wieder blicken lassen. Ihr Wirbel vom letzten Wochenende hat hohe Wellen geschlagen. Bei Twitter & Co. war großes Hallo: Von *»einer Frau, wie eine Furie«* ist *die Rede,* über *»UFOs, (Ungewöhnliche Flugobjekte)«* wird gefeixt.«

»Lügenpresse! Die und Emma beruhigen sich wieder.« Sein Kumpel Harry nimmt einen großen Schluck aus der Bierflasche, rülpst und fährt fort: »Wenn du zu der Frau zurückwillst, musst du bei ihr den *Rosenkavalier* geben; aber mit einem anständigen Strauß, nicht wie sonst mit ein paar traurigen Pflänzchen, die du von nebenan geklaut hast. Und – Süßholz raspeln. Dabei erklärst du ihr: Der Vorfall vom Samstag - nur ein tragisches Missverständnis. Nicht schlimm! Du verzeihst ihr. Und achte drauf lieber Freund: Stinke bloß nicht nach Sprit!«

»Das wird nicht sein, wenn Du schon heute meinen ganzen Schnaps aussäufst«, entgegnet Ewald mit Blick auf den schwindenden Vorrat.

»Stell dich nicht an! Schenk ruhig noch einen ein. Die Gedanken müssen beflügelt werden, wenn ich einen Schlachtplan schmiede.« Sein Gegenüber fährt bedächtig fort. »Tritt auf wie ein Gentlemen! Selbstbewusst, großmütig, fesch gekleidet! Dazu müsstest du aber mal die Klamotten wechseln. Falls du so einen Raum betrittst, fallen die Fliegen von den Wänden.«

»Wie komme ich an saubere Kleidung? Die liegt in der Wohnung bei meiner Ex«, murmelt Ewald wehmütig und ratlos.

»Ich besorg sie dir. Lass mich nur machen. Der Harry schafft das schon. Wohlsein!« Er hebt das Glas.

Am folgenden Tag sofort nach Feierabend schellt Harry an Emmas Tür. Die öffnet und fragt erstaunt: »Hast du dich in der Tür geirrt, mein Lieber? Hier ist nicht die Kneipe ›Zum lustigen Ludwig‹. - Oder ist dort der Eingang vernagelt, weil die Bierschwemme pleite ist?«

»Nichts von alledem, junge Frau«, antwortet Harry aufgeräumt. »Ich soll nur ein paar Kleidungsstücke für den Ewald abholen. Er ist leider verhindert.«

»Verhindert? So, so! Will er langsam ausziehen und traut sich nicht vorbeizukommen? Was soll's denn sein?«

Harry übergibt den Wunschzettel des Freundes. Emma nimmt die Liste, runzelt die Stirn, verschwindet im Schlafzimmer. Schnell hat sie die Sachen zusammengesucht und bringt sie an die Haustür. Eine

Spitze kann sie sich nicht verkneifen: »Er hat ja wohl was Großes vor, wenn er seinen besten Bieranzug benötigt. Wird in der Stadt eine neue Spelunke eröffnet oder will der Alte nochmal auf Brautschau?«

»Das kann ich nicht sagen. In letzter Zeit kam er mir etwas verändert vor. Er lebt ja im Exil«, so die ausweichende Antwort.

Emma, gibt ihrer Frage Nachdruck: »Schluss mit den schalen Scherzen! Heraus mit der Sprache! Ich trau dir nicht, du Schlitzohr. Was habt ihr wieder ausgeheckt?«

»Ich bin spät dran und muss jetzt los. Rita wartet mit dem Essen.« Eine Auskunft bleibt er schuldig.

Nach dem Abendbrot fährt er mit den Sachen zur Laube. Er klopft an. Macht die Tür auf, sieht Ewald, der aufräumt. »Hier ist deine Kleidung. Aber mach erstmal Pause. Du kannst sie nachher einsortieren. Übrigens, ein Bier schmeckt deinem Helfer immer.«

Der Rentner schaut auf, öffnet eine Flasche und reicht sie dem Freund, der es sich inzwischen auf dem Sofa bequem gemacht hat. »Oder brauchst du gleich einen Eimer voll?«

Harry überhört diese Bemerkung und fragt: »Wann wirst du denn loslegen?«

»Weiß nicht. Der richtige Zeitpunkt ist sicher wichtig. Sie muss bester Laune und gnädig gestimmt sein. Oft ist sie das am Wochenende.«

»Den Eindruck hatte ich am letzten aber nicht«, entgegnet Harry.

»Und es darf sie niemand geärgert haben«, ergänzt Ewald. »Diesmal werde ich nicht der Anlass sein.«

»Wart's ab«, meint Harry: »Damit die Liebe frisch bleibt, schlage ich den nächsten Freitag Abend vor. Dann gibt es keine ›Gefahrguttransporte‹ á la Oskar wie am Samstag.«

Er deutet auf das Kleidungsbündel: »Zieh jetzt den Jogging-Strampler aus, probiere Männerkleidung an!«

Der Laubenbewohner nimmt ein rotes Hemd und eine grüne Hose aus dem Stapel.

»Bloß nicht zu bunt. Siehst aus wie ein Papagei auf der Balz!«

Jetzt hält er sich ein schwarzes T-Shirt vor die Brust und eine dunkelblaue Jeans.

»Bloß nicht zu dunkel; du gehst auf keine Trauerfeier. Behalt die Hose bei, das Hemd wird weiß, darüber dann das Sacco.«

Der Freund folgt dem Rat und zieht die Sachen an.

»Das passt! So kannst‹ dich sehen lassen«, urteilt Harry.

Nach kurzem Blick in den Spiegel nimmt der Rentner den Vorschlag an.

Der Kumpel erhebt sich vom Sofa, reckt sich: »Es wird Zeit. Rita wartet zu Hause. Ich wünsch dir Erfolg bei deinem Rendezvous!«

Beim Verlassen der Laube bemerkt er: »Wenn du bei Emma aufläufst, werde ich im ›Lustigen Ludwig‹ sein. Falls du Hilfe brauchst! Du weißt, wo du mich findest.«

Die Durchführung

Gegen achtzehn Uhr schlägt Ewald bei Emma auf. »Mit dir habe ich nicht gerechnet. Was führt dich zu mir?«, fragt sie, als sie die Haustür geöffnet hat.

»Ich will schauen, ob es dir gutgeht«, so die Antwort.

»Ja, bis jetzt«, entgegnet sie, zögert und bittet ihn dann doch herein in die Wohnstube.

»Was hat es denn mit den Blumen und der Verkleidung auf sich?«

»Es ist eine Geste der Versöhnung und der Achtung.«

»Wertschätzung ist auch nötig für das, was ich hier für dich geleistet habe«, steigt der Groll in ihr hoch. »Hast bisher im Haushalt niemals geholfen. Wie ein Pascha führt der Mann sich auf. Nicht einmal den Müll bringst du raus. Schaust zu oft in die Flasche. Und so einer mäkelt dann am Essen herum. Da muss einem ja der Kragen platzen.«

»Beruhige dich! Ich habe kürzlich mit dem Trinken aufgehört.«

»Das glaube ich gern. Es geht aufs Monatsende zu. Dein Portemonnaie ist leer. Versoffen bist du, fett und faul«, kommt sie zum Schluss.

»Schau mich in Ruhe an! Ich habe abgenommen.«

»Weil du nicht mehr bekocht wirst.«

»Oftmals habe ich Besorgungen gemacht, den Rasen gemäht und Blumen gepflanzt«, sucht er die Kritik abzumildern und verschwindet in die Toilette.

»Der Garten ist winzig. Einkäufe erledigst du nur dann, wenn der Bier- und Schnapsvorrat zu Ende geht«, schickt sie ihm kaum besänftigt hinterher.

Er kommt nach einer Weile wieder. Sie bietet erstmal Kaffee an. Für sich selber wählt sie einen Tee. Entschwindet in die Küche.

Harry hat sich am späten Nachmittag im ›Lustigen Ludwig‹ eingefunden. Es dämmert schon. Nach dem Genuss verschiedener geistiger Getränke ist er vor die Tür des Lokals getreten, um eine Zigarette lang frische Luft zu schnappen.

In diesem Moment biegt zufällig Elektriker Robert um die Ecke. Er ist ein Freund aus alten Zeiten. Sie haben sich kaum begrüßt, da zucken beide zusammen, erschreckt durch Frauenschreie ein paar Häuser weiter. In einem Fenster flackert das Licht, erstirbt. Leuchtet erneut auf, erlischt. Das Geschrei von dort wird lauter. Derbe Flüche mischen sich dazwischen.

»Das kommt aus Emmas Wohnung«, stößt Harry hervor. »Schon wieder ein Kriegsschauplatz! Komm! Wir greifen ein, bevor es ein großes Drama gibt.«

Robert wirft sein Rad zur Seite. Sie laufen hinüber, drücken gegen die Tür, die sofort nachgibt. Sie erblicken Emma mit erhobenen Händen in der Küche, kreischend: »Der schwarze Teufel, er greift nach mir, er wird mich umbringen.« Sie flüchtet ins Bad.

Die beiden Freunde orientieren sich. Sie versuchen, den Leibhaftigen im Halbdunkel auszumachen. Sehen die Silhouette eines Mannes, der einen Gegenstand vermutlich mit Gewalt aus der Wand reißen und auf sie werfen will. Sie stürzen sich auf den Wüterich. Bringen ihn zu Boden. Bekommen dabei einen Schwall kaltes Wasser ab.

»Was sucht ihr hier, ihr Idioten«, keucht er. »Ich bin es doch! Helft mir auf!«

Die Freunde erkennen Ewalds Stimme. Außer Atem und tropfnass ächzen sie: »Warum willst du uns erschlagen?«

»Ach, Unsinn! Eine große Spinne vertreiben! Emma hat panische Angst vor so einem Tier. Dann gab es unversehens einen Kurzschluss. Und die Sicherung springt dauernd raus. Mehr war nicht. Und ihr stürmt hier urplötzlich herein? Wie kommt ihr dazu?«

»Der Lärm hat uns aufgeschreckt. Wir vermuteten Schlimmeres. Man weiß ja nie«, erwidert Robert.

Gemeinsam machen sich die drei Männer bei Kerzenlicht auf Spinnensuche. »Da läuft sie! Öffne das Fenster! Gott sei Dank! Sie ist draußen.« Sie rücken die Möbel zurecht. Emma traut sich langsam und leise wieder aus dem Badezimmer.

Robert wendet sich an Ewald: »Warum ziehst du nicht den Stecker des Wasserkochers, wenn du mit ihm hantieren möchtest? Kein Wunder, dass es einen Kurzschluss gibt, Du hast die alte Leitung aus der Wand gerissen und beschädigt.«

»Ich wollte das Untier erwischen. Dies Gerät war das Nächste, was zu greifen war. Ich bin in Hektik gewesen und habe nicht beachtet, dass der Stecker in der Dose war.«

Robert schüttelt den Kopf und sieht sich den Schaden an.

Mit den Worten: »Das habe ich gleich«, legt Harry flink den Sicherungsschalter um. Er springt sofort wieder zurück. Er zieht die Stirn kraus.

Ewald schaut ratlos und murmelt etwas von »zwei linken Händen«.

Der Elektriker, wenngleich im Feierabend, ergreift die Initiative: »Emma, das ist kein großes Problem. Ich versteh mich darauf und bringe das gleich in Ordnung. Dann sitzt du nachher nicht im Dunkeln.«

»Können wir helfen?«, fragt jemand.

»Lieber nicht«, antwortet der Handwerker.

Der Schaden ist schnell behoben.

Die Kumpels verabschieden sich von der Frau, der es die Stimme verschlagen hat. Beim Verlassen des Hauses bittet Ewald: »Ruf mich an, wenn du dich besser fühlst.«

Das Ende

Ein paar Tage später trifft Ewald im ›Lustigen Ludwig‹ auf Harry. Sofort ist der vergangene Freitag das Thema.

»Den Trick mit der dicken schwarzen Spinne habe ich mir lange überlegt. Emma ist furchtlos und unerschrocken. Aber ich weiß, wovor sie panische Angst hat. Hatte das Tier in den Küchenschrank gesperrt, als sie mich auf der Toilette wähnte. Wollte es vor ihren Augen entdecken, fangen und ihr damit beweisen, wie sehr sie meinen Beistand braucht. Dann ist mir das Vieh abgehauen.«

»Hat Emma sich schon bei dir gemeldet?«, fragt Harry.

»Nein.«

»Das habe ich fast vermutet. Gestern habe ist sie mir Hand in Hand mit Robert begegnet.«

Irrläufer

Das lärmende Krächzen eines Raben lässt mich hochschrecken. Mit lautem Flügelschlag macht er sich davon. Nun werde ich richtig wach, auch weil mein Körper vor Kälte erbärmlich zittert. Wie spät ist es? Blick auf die Armbanduhr. Verdammt! Sie ist weg.

Versuche, mich zu orientieren. Wo bin ich? Wie bin ich hierhergekommen? Der Kopf ist schwer. Ich lehne, ja liege fast auf einem Mauervorsprung einer kahlen, baufälligen Wand. Der Mond scheint fahl durch das eingefallene Dach und die zerschlagenen Fenster. Wolken ziehen rasch vorüber, unterbrechen den Mondschein ab und zu. Ich scheine mich im Inneren einer verlassenen Fabrik zu befinden. Ordne meine Sachen und stelle fest, mir fehlen auch Jacke und Schuhe.

Rundumblick, erahne einen Lichtschein, rappele mich auf, um dem Licht zu folgen, stolpere, stoße mir die bloßen Füße, schlage hin, fluche aus Schmerz und aus Ärger. Höre Kichern. Blicke auf und bemerke Schatten an der Wand. Sie entschwinden.

Drehe mich um. Gegenüber, an der Treppe zu einem Kellergewölbe erblicke ich hinter einem Schutthaufen eine Gestalt mit einem Clownsgesicht. Es grinst mich an. Langsam zieht sie die

Maske ab und sichtbar wird ein faltiges, vernarbtes Alt-Männergesicht. Die Erscheinung hebt den rechten Arm, deutet auf das Gewölbe und raunt: »Komm mit, ich bin auf der Suche nach der verlorenen Zeit.« Zumindest die letzten Stunden fehlen mir ja. Trotzdem rühre ich mich nicht vom Fleck, traue mich nicht, ihr zu folgen. Die Gestalt verschwindet im Dunkeln. Ich bin noch immer benommen und orientierungslos. Eine Tür fällt knarrend ins Schloss. Angst steigt auf. Es wird still. Dann plötzlich: ein durchdringendes klagendes Jammern, das anhält - von einem Baby? Abrupt bricht es ab. Kalter Schweiß tritt mir über die Stirn. Kurz darauf huscht etwas an meinen Füßen vorbei. Ich spüre den Luftzug. Will weg.

Irgendwoher höre ich das Pfeifen einer Lokomotive und das Rumpeln eines Zuges. Es treibt mich aus der Ruine, in Richtung dieses Geräusches. Irre umher. Es raschelt, ich fahre zusammen. Nur ein Tier – vermutlich. Aufgescheucht flüchtet es kreischend. Zitternd finde ich einen Trampelpfad durch das das Gebäude umgebende Gestrüpp. Ich bete inständig, dass er mich in die Richtung der Gleise führt. Es ist dunkel. Ich sehe kaum etwas. Zweige schlagen mir ins Gesicht und auf den Körper. Die Füße schmerzen. Werden warm, vermutlich deshalb, weil sie bluten.

Das Dickicht lichtet sich. Vor mir erkenne ich

den Bahndamm, der einen Viertelkreis beschreibt. Durch seitliches Buschwerk und Bäume, die die Sicht versperren, ist nicht auszumachen, wo er hinführt. Von meinem eingerissenen Hemd trenne ich die Ärmel ab. Wickle sie mir um die Füße und verknote sie. Steige auf den Bahndamm, damit ich statt auf dem Schotter auf den Schwellen laufen kann. Von oben ist die Sicht besser. Zweifele, welche Richtung ich nehmen soll. Wende mich rechter Hand. Bemerke schon nach wenigen, vielleicht fünfzig, Metern in der Ferne einen roten Lichtschein. Komme näher: Ein Signal, das auf »Halt« steht. Das beruhigt - einerseits: Ich kann nicht plötzlich von hinten überrollt werden. Andererseits fürchte ich: *Es wird sobald auch kein Zug fahren, dem ich mich bemerkbar machen könnte.*

Ich trippele weiter. Es dämmert langsam. »Halt! Stehenbleiben!«, zerschneidet eine kräftige, laute Stimme hinter mir die morgendliche Stille. »Was willst du hier im Wald, und obendrein auf den Schienen?« Ich mache kehrt und sehe einen Mann in Uniform mit Jagdhund auf mich zueilen. »Leute haben da nichts zu suchen, und Penner schon gar nicht«, schnarrt er näher kommend. Jetzt wird mir schlagartig bewusst, wie verkommen ich aussehe.

Ich erzähle von dem feucht-fröhlichen Abend in der urigen Waldkneipe nach einem harten Arbeitstag, der Abkürzung durch den Wald, die ich zurück zu meinem Hotel nehmen wollte. Ich habe mich verirrt, am Rande der Industriebrache Rast gemacht und bin beim Ausruhen eingeschlafen.

Er wiegt den Kopf. »Was Sie für eine verfallene Fabrik halten, war früher eine geschlossene Nervenklinik. Die Behandlungsmethoden waren umstritten. Gefährliche Leute gab es da – auch unter dem Personal. Die Menschen hier erzählen, dass manche von denen, die früher dort lebten, keine Ruhe finden und immer wieder zurückkehren – tot oder lebendig.«

Der Förster bringt mich zurück ins Hotel. Auch unter der heißen Dusche werde ich das Frösteln nicht los.

Multi-Level-Marketing –
Lieber neureich als nie reich

Kalter Wind fegt durch die Bäume an diesem Aprilsonntag wie die ganze Woche schon. Es will nicht Frühling werden. Wie eine Fregatte unter vollen Segeln, rauscht Eva noch in Hut und Mantel ins Wohnzimmer, wo Gert, ihr Mann, vor dem Fernseher eingenickt ist. Sie ist vom Besuch ihrer Mutter zurück.

Verärgert und erschreckt ruft sie: »Bin ganz fertig! Muss mich erst beruhigen. Der junge Schnösel von nebenan, hat er mir doch gerade die Vorfahrt genommen! Wäre fast in ihn hineingekracht!« Den Mantel streift sie ab. Ihr Hut landet auf der Ablage. »Bei meinen Eltern sind wir am Samstag eingeladen. Du musst mitkommen! Das ständige Gejammer der alten Frau über Krankheiten halt ich allein nicht aus«, klagt sie und richtet ihre Haare.

Gert wacht langsam auf. Hat nur die Hälfte mitgekriegt. Fragt: »Wer ist krank?«

»Unser Auto«, setzt sie das Gezeter fort, »die Karre ist kaputt, die Kupplung wieder. Du musst das reparieren lassen!« Mit Schnappatmung plustert sie sich auf: »Dieser Jüngling aus der Nachbarschaft fährt einen Mercedes. Wie kann der sich den leisten?«

Ihr Mann hat sich aufgerappelt. Schaut sie an: »Ich weiß es nicht! Er verdient vermutlich gut. Bist du neidisch?«

»Natürlich nicht«, sie wirft den Kopf auf. »Ich bin empört über diese Dreistigkeit. Er kreuzt mit einem solchen *Schiff mit eingebauter Vorfahrt* auf, wo er nicht mal seine Ausbildung abgeschlossen hat.«

Achselzucken bei Gert. »Was kümmert mich das. Uns geht´s doch gut. Geld allein macht nicht glücklich.«

»Den letzten Satz hörst du wohl immer, wenn du deinen Chef um eine Gehaltserhöhung angehst. Ein paar Kröten mehr könnten wir echt gebrauchen. Das Bad müsste renoviert, das Haus neu gestrichen werden. Ein schickes Auto wäre auch nicht schlecht.«

»Woher nehmen«, bekommt sie zur Antwort. »In und um Schüttelkow Ausbau findet sich niemand, der einen hohen Lohn zahlt. Wir wohnen in schöner Umgebung – beschaulich – am Arsch der Welt. Hier gibt es überhaupt nix. Ein Umzug würde helfen, wenn wir uns finanziell verbessern wollen.«

»Wegziehen aus diesem Kaff, ja das wäre was. Kneipe, Kino, Theater, statt Kühe, Kornfelder und Kaffeekränzchen. Standortwechsel radikal! Erkundige dich doch mal!«, steigert sich Eva in das Thema hinein.

Gert bremst den Ideenfluss: »Ob das gelingt in unserem Alter, bezweifele ich. Ich bin der falsche Mensch für so etwas.«

»Du bist zu träge«, entgegnet seine Frau. »Britt hat erzählt, selbst hier kann man ›ne Menge Geld verdienen, nebenher.«

»Wer ist denn Britt? Ist sie das zugezogene Mauerblümchen von nebenan? Ihr Mann sieht aus wie Räuber Hotzenplotz! Hat er nen Zweitjob in der Geisterbahn? Bringt Kinder Erschrecken so viel Geld?«

»Du solltest keine dummen Sprüche klopfen«, kontert Eva.»Statt zu faulenzen, könntest du aktiv werden und unsere Einkünfte erhöhen. Was sie erzählt hat, hab‹ ich nicht ganz verstanden. Es geht um lukrative Geldgeschäfte. Vom Sofa aus über Telefon und Internet, bei minimalem Aufwand.«

»Hört sich ja prächtig an. Druckt er Falschgeld und bringt es unter die Leute oder arbeitet er mit dem Enkeltrick?«, lästert der im Sessel.

»Unsinn! Ich nehme das in die Hand. Ich kenne dich. Du selber bist zu lahm. Ich werde sie heute noch anrufen. Sie soll ihren Mann vorbeischicken. Ralf heißt er übrigens. Es muss endlich losgehen mit dem Geldscheffeln.«

»Lass das! Ich bin kein Schwätzer und Verkäufer. Mir liegt das nicht«, hebt Gert abwehrend die Hände.

Drei Tage später kommt Ralf vorbei. Sie machen es sich im Wohnzimmer gemütlich. Prospekte hat er mitgebracht. Hochprozentiges steuert der Hausherr bei. Er begrüßt den Gast: »Zuerst einmal - Wohlsein. Schön, dass man jemanden kennenlernt, der weiß, wie das große Geld verdient wird! Ich darf nachschenken, bevor es richtig losgeht?«

Zustimmendes Nicken vom Gegenüber, der gleich loslegt: »Geldanlage ist schwierig heute. Zinsen sind passé! Das Sparbuch ist out! Aktienwerte werden in die Höhe gejazzt und stürzen dann ab. Wirecard muss eine Mahnung sein. Die klassischen Bankberater haben versagt. Soll man ihnen noch trauen? Ich denke nicht. Wie kann man sein Geld heutzutage vermehren? Auch die gute alte Sparkasse weiß keinen Rat mehr. Und da – kommen wir ins Spiel. Die Berater aus dem Networkmarketing!«

Ralf schaut kess auf und hebt das Glas. »Prost! Wir sind die Alternative auf dem Finanzmarkt. Wir haben die richtigen Antworten auf die Fragen dieser Zeit: Edelmetalle sind im Angebot, Schiffsbeteiligungen, Anteile an Plantagen im Ausland, und ganz heiße Kryptowährungen. Schau dir an, wie Gold in den letzten Jahren gestiegen ist.«

Er reicht ihm ein Blatt mit einer fast stetig steigenden Kurve hinüber.

Gert betrachtet es: »Sieht gut aus. Wo soll ich es aufbewahren, wenn es stetig im Wert steigt? Einen Safe haben wir nicht.«

»Es gibt da Möglichkeiten. Das erklär ich später«, wischt Ralf den Einwand vom Tisch. »Du hast von Bitcoins gehört? Die sagenhafte Erfolgsgeschichte kennt fast jeder. Von wenigen Euros sind sie auf hohe fünfstellige Beträge gestiegen. Man kann an solchen Wertexplosionen teilhaben. Allerdings solltest du nicht auf Bitcoins setzen. Sie sind inzwischen zu teuer. Es gibt weitere digitale Währungen, die preiswerter sind und hohes Potential aufweisen. Viele Anleger haben sie schon und es werden immer mehr.«

Gert wiegt den Kopf. »Ist das nicht ein Spiel mit dem Feuer?«

»Gar nicht«, lautet die Antwort. »Es gibt manchmal Kursausschläge nach unten, aber die Tendenz zeigt nach oben. Wer nicht wagt, der nicht gewinnt.«

Und weiter geht's. Ralf stellt Finanzprodukte vor. Gert hört zu, äußert bisweilen Widerspruch. Der wird abgetan. Er schenkt ein, bekommt bunte Prospekte, staunt über Gewinnzuwächse. Mit einer speziellen Verdienstmöglichkeit rückt Ralf am Ende heraus:

»Du wirbst später selber Anleger, die unsere Produkte verkaufen. Die gewinnen dann wieder Kunden, die dasselbe tun. Du bekommst jeweils einen Anteil an deren Verkaufsprovisionen. Bei nur drei neuen Anlegern im Monat, die daraufhin wiederum drei Neukunden akquirieren, hast du schon zwölf Leute unter dir. Wenn sich das dann so weiterentwickelt, stehst du nach kurzer Zeit an der Spitze einer Vertriebspyramide. Bist du so weit, kommst du mit dem Geldzählen gar nicht mehr nach. Das ist exponentieller Einkommenszuwachs über dein Netzwerk, deine Down-Line, ohne dass du am Ende selber einen Finger rührst.«

Der bedeckte Aprilhimmel hellt sich langsam auf. Die Vögel zwitschern in Gerts Garten und in seinem Kopf. Es kommt ihm so vor, als wüchsen die Euro-Scheine demnächst an den Bäumen.

Er hat sich breitschlagen lassen. Kauft Goldzertifikate. Zudem wird er Mitglied im Vertrieb.

Am Schluss verabschiedet sich der Nachbar mit dem Rat: »Du kannst detaillierte Kenntnisse über den Verkauf der Produkte erwerben, wenn du einen unserer Coaching-Kurse besuchst. Es kostet zwar etwas, aber es ist gut angelegtes Geld. Du investierst in deine Karriere.«

»Ich habe etwas für deine Zukunftspläne getan«, berichtet er Eva am Morgen beim Frühstück. »Bin Mitglied in einem Finanzvertrieb geworden. Mache das nebenher. Meinen Arbeitseinsatz lege ich selber fest. Versuchen werde ich es. Gleich am Wochenende fange ich an.«

Ein Strahlen geht über das Gesicht seiner Frau. Sie tätschelt seine Hand. »Nur Mut. Ich bin überzeugt, du kriegst das hin.«

»Wir fahren zu Oma Hertha und Opa Rudi. Meine Eltern haben uns doch zum Tee eingeladen«, beschließen sie.

»Ich spür heut‹ das Wetter in den Knochen«, klagt die alte Dame gleich bei der Begrüßung und setzt eine Leidensmiene auf. Sie schenkt Kaffee ein. »Die Blumen waren nicht nötig.«

»Keine Ursache! Wenn du schon Sahnetorte bäckst, hast du einen Strauß verdient«, entgegnet die Tochter. »Du musst mir deine Rezepte endlich verraten. Hast du noch das Kochbuch von Oma?«

Gert rückt zu seinem Schwiegervater: »Warst du mal wieder mit den Kumpels zum Angeln?«

»Ach, das lohnt kaum. Die Fische beißen nicht mehr so wie früher.«

»Du bist doch in jungen Jahren zur See gefahren?« , spricht der Schwiegersohn Rudi auf seine Vergangenheit an:

»Das ist lange her. Seemann war ein harter Job. Wir haben aber gutes Geld verdient und oft Spaß an Bord gehabt.« Er lächelt bei der Erinnerung an alte Zeiten und setzt an, Erlebnisse von damals zum Besten zu geben, bis Gert ihn mit der Frage ausbremst:

»Interessiert dich die Seefahrt heute noch? Da kannst du immer noch dicke Fische fangen!«

»Wie soll das möglich sein auf meine alten Tage?«, die ungläubige Frage.

»Du steigst wieder in die Schifffahrt ein. Wirst zum Eigentümer eines Frachters«, so der Schwiegersohn.

»Der ist doch ungeheuer teuer. So ein Pott kostet Millionen«, wirft Rudi ein.

»Du erwirbst nur einen kleinen Anteil. Viele andere Leute auch. Jeder der Geldgeber erhält seinen Teil am Gewinn, den das Schiff einfährt.«

»Und wenn das Boot Verluste macht? Vielleicht hat es wenig Beschäftigung oder die Frachtraten sind niedrig«, zweifelt der alte Fahrensmann.

»Bist du mit von der Partie. Aber das wird nicht passieren. Die Schifffahrts-GmbH & Co. KG passt auf, dass alles erfolgreich läuft«, versucht der Schwiegersohn ihn zu beruhigen.

»Eine GmbH & Co. KG also; was ist das für ein windiger Verein?«, denkt Rudi laut nach. »Man riskiert viel Geld. Aber keiner steht dafür gerade. Das fang ich gar nicht erst an. Kauf mir lieber einen Angelkahn, da bin ich mein eigener Kapitän. Das Risiko dabei ist, nichts zu fischen und nur den Regenwurm zu baden.«

»Hast du schon von Bitcoins gehört?«, setzt Gert nach. »Das ist eine neue Währung.«

»Gibt's schon wieder neues Geld?«, mischt Hertha sich ein. Sie legt die Backrezepte zur Seite. »Am Anfang hatten wir Mark, dann D-Mark, nun

Euro und jetzt wieder etwas Anderes. Und jedes Mal werden wir beim Umtausch übern Tisch gezogen. Da machen wir nicht mit. Der Bitchens kommt mir nicht ins Haus. Lass uns mit so etwas in Frieden. Schluss! Aus, die Maus!«

Kaum merklich sinkt Gert in sich zusammen, seufzt. Nimmt sich zum Trost ein Stück Torte. Auf einen weiteren Versuch verzichtet er.

»Es kann nicht immer alles klappen. Sie sind vom Dorf. Dem Neuen gegenüber nicht so aufgeschlossen«, wird er getröstet, als sie auf dem Weg nach Hause sind. »Wir machen uns noch einen schönen Abend zu zweit.«

»Dein Neffe Frank hat sich gemeldet«, ruft Eva ihm ein paar Tage später zu. »Er kommt gleich vorbei, will etwas mit dir besprechen.«

»Ich freue mich«, schallt es zurück. Gert legt einige Prospekte griffbereit, wittert eine neue Gelegenheit. Dem jungen Mann sitzt das Geld locker, wird erzählt.

Frank erscheint in strahlender Laune: »Du wirst es nicht glauben, aber ich habe endlich die Frau meines Lebens gefunden. Am Wochenende ziehen wir zusammen. Ich brauche dich und deinen Transporter für den Umzug. Für Profis reicht das Geld nicht. Wir wollen auch noch neue Möbel kaufen.«

»Den Wagen kannst du haben. Auf mich musst du verzichten. Ich habe schon einen anderen

Termin«, zieht Gert sich aus der Affäre. Die Infos legt er verstohlen wieder in den Schrank.

Einige Tage später ist Tante Luise z Besuch. Nach ein paar Likörchen ist sie in bester Stimmung, ja sogar übermütig. Sie schneidet ein wenig auf mit ihrer auskömmlichen Witwenrente: »Ich weiß gar nicht, wie ich das Geld ausgeben soll, wo ich doch jetzt so schlecht reisen kann.«

»Mir kommt da eine Idee«, ruft Gert. »Lege dein Geld an, solange du es nicht brauchst. Es gibt Möglichkeiten mit attraktiver Rendite. Ich finde hier gerade eine Beteiligung an einer Nutzhanfplantage in der Schweiz.« Er zieht ein Faltblatt aus der Schublade.

»Hanf?«, Luise setzt die Brille auf, nimmt den Prospekt und überfliegt ihn. »Hier steht etwas von kontrolliertem Anbau und medizinischen Anwendungen.«

»Genau! Die Pflanze wird zu Medizin verarbeitet. Die lindert Schmerzen und beruhigt«, erklärt Gert. »Eine gute Sache, so ähnlich wie Aspirin, aber besser.«

»Ich überlege mir das. Eine Nacht zuhause drüber schlafen, danach gebe ich dir Bescheid«, so die Tante, faltet das Blatt zusammen und packt es in ihre Handtasche.

Am nächsten Nachmittag bekommt Eva einen Anruf: »Meine Mutter hat sich mir anvertraut: Ihr habt mit Hanfanbau zu tun und die arme

Frau soll dabei mitmachen«, empört sich die Cousine am anderen Ende der Leitung. »Mit Kirschlikör macht ihr sie willenlos und dann soll sie eine Plantage kaufen. Ein Vertrag zur Unterschrift liegt vor.«

»Stopp! Halt die Luft an! Lass es dir erklären«, versucht Eva vergeblich zu Wort zu kommen.

»Aus Hanf gewinnt man Marihuana. Stimmt es? Das ist verboten! Habe ich Recht?« Eine Antwort wartet sie nicht ab. Die Stimme überschlägt sich fast. »Meine arme alte Mutter macht ihr zur Komplizin. Habt ihr überhaupt kein Gewissen? – Ihr seid Halunken!«

Der Hörer wird aufgeknallt. Eva schnappt nach Luft. Stampft auf. Schüttelt heftig den Kopf, um ihn frei zu bekommen.

»Da hast du ja was angestellt«, wird Gert begrüßt, kaum dass er nach Hause kommt.

»Ich bin mir keiner Schuld bewusst«, wundert sich der so Empfangene.

»Vorhin hat Gabi angerufen, das alte Biest. Sie wirft uns vor, wir würden ihre Mutter, in Drogengeschäfte verwickeln«, erklärt seine Frau.

»Ist sie verrückt? Hat sie etwas in den falschen Hals bekommen? Kann sie den Prospekt nicht lesen? Da steht doch alles drin. Dies ist eine ganz legale Angelegenheit«, erregt sich Gert. »Ich kläre, was da los ist. Ich frage bei der alten Schachtel nach!«

Die Tante nimmt sofort den Hörer ab. »Unterschrieben habe ich lieber nicht«, ruft sie, als sie die Stimme des Anrufers erkennt. »Ich habe erstmal nur Gabi davon erzählt. Sie hat mir abgeraten.«

»Ihre Meinung hat Eva bereits zu spüren bekommen. Deine Tochter hat uns beschuldigt, wir wollten dich in krumme Geschäfte verstricken. Sie hat uns in eine Reihe mit Dealern gestellt«, empört sich Gert.

»Beruhige dich! Du weißt ja, sie regt sich schnell auf. Sie meint es nicht so.«

»Wie meint sie es denn? Sie verunglimpft uns«, er stockt, »als gewissenlose Kriminelle. Das ist schon ziemlich starker Tobak. Eva war geschockt.«

»Ich weiß nicht, was in sie gefahren ist«, antwortet Luise. Dann erklärt sie: »Ich bin ja schon etwas älter. Kenne mich nicht so aus. Deshalb wollte ich die Meinung einer jüngeren Person hören. Gabi hat mir in aller Ruhe zugehört und sachlich ihre Ansicht vorgebracht.«

»Sachlich, das wundert mich! Mag sein, es gibt ein Missverständnis. Lass erstmal die Finger von dem Papier. Wir studieren noch einmal in aller Ruhe den Vertrag – im Beisein von Gabi«, beendet Gert das Telefonat.

Eva hat mitgehört. Es platzt aus ihr heraus: »Diese Cousine zeigt zwei Gesichter. Hat die falsche Schlange Angst um ihr Erbteil? Fürchtet sie, die Kontrolle über ihre Mutter zu verlieren? Sie war schon immer hinter deren Geld her.«

»Ich habe keine Lust mehr auf Geschäfte mit der lausigen Verwandtschaft. Man tritt leicht ins Fettnäpfchen, wenn's ums Finanzielle geht«, brummt der erfolglose Finanzberater vor sich hin.

»Anfängerpech«, tröstet ihn seine Frau, »kannst du es nicht einmal bei deinen Kumpels versuchen?«

»Die will ich lieber nicht behelligen. Mit denen möchte ich es mir nicht auch noch verderben«, kommt die mutlose Antwort.

»Du schaffst das«, nimmt Gabi ihn in den Arm. »Hol‹ dir Anregung beim *Business Coaching Event* der Firma. Die Einladung liegt auf dem Tisch. Dort gibt es doch sicher Infos, Training, Erfahrungsaustausch. Auch wenn es teuer ist. Von nichts kommt nichts!«

»Wir verwandeln ihr soziales Kapital in echtes Gold!«, liest Gert die Überschrift vor und fragt sich: »Soll man dafür Geld ausgeben? Ich bin gespannt, was da passiert.«

Wie ausgewechselt kommt Gert vom Wochenendevent zurück. Es sprudelt aus ihm: »Das war phantastisch, eine Riesenbühnenshow! Musik, Tanz, tolle Stimmung! Es wurden Leute wie auf der Bühne präsentiert, die es geschafft haben. Sie wurden wie Helden gefeiert, mit einem Segeltörn in die Karibik belohnt.«

»Was hast du mitgenommen von dieser Sause«, fragt seine Frau.

»Die Botschaft: Wir können ein tolles Leben haben, wenn wir nur hart genug an uns arbeiten. Ich muss auf Teufel-komm-raus Vermittler gewinnen. Meine *Down-Line* muss so groß sein, dass andere für uns die Moneten scheffeln«, berichtet Gert begeistert.

»Du weißt, was du zu tun hast. Such dir die richtigen Leute aus, die uns zu Geld verhelfen könnten. Check alle, die in Frage kommen«, treibt Eva ihn an.

So beflügelt geht er in Gedanken mögliche Kandidaten durch. Haut gleich am nächsten Tag jeden an, der in Betracht kommt, und nicht bei drei auf dem Baum sitzt.

Ein vermutlich wohlhabender Nachbar: »Ich habe schon einen Bankfritzen, der Geld für mich anlegt.«

Ein Arbeitskollege: »Ich habe so viel Alimente zu zahlen, dass ich fast trockenes Brot esse. Zwei Frauen haben mich auf Unterhalt verklagt. Musste mich vor Gericht nackig machen.«

»Einem nackten Mann kannst du nicht in die Tasche fassen«, stellt Eva fest, als er ihr von seinen Bemühungen erzählt. »Hast du nicht den jungen Mercedesfahrer auf deiner Liste, der mir jüngst die Vorfahrt genommen hat?«

»Den greif ich mir, wenn er hier auftaucht. Das ist ein Mann mit Potential«, freut Gert sich über den neuen möglichen Kunden. Er trifft ihn ein paar Tage später.

»Ich lach mich tot! Du willst mir was verkaufen? Wie bist du denn auf meine Person gekommen?«, ruft Marco, der junge Mann.

»Du scheinst wohlhabend zu sein. So jemand braucht doch Tipps, wie er sein Geld unterbringt.«

»Du weißt gar nicht, wie recht du hast, Alter! Ich bin in demselben Laden wie du! Mann, du gehörst zu meiner Down-Line!«

Gert ringt nach Atem. Jetzt wird mir manches klar. Die Leute haben abgewinkt, als ich bei ihnen vorgesprochen habe. Marco hatte schon alles abgegrast. Der Markt hier ist gesättigt.

»Nicht traurig sein, wenn hier nichts mehr zu holen ist. Kopf hoch! Es gibt noch andere Quellen. Sprich Leute an, die Schwarzgeld unterbringen müssen oder Geld aus kriminellen Geschäften.«

Gert nimmt diesen Hinweis nicht ernst. »Solche laufen mir nicht über den Weg«, entgegnet er etwas hilflos.

Marco lächelt hintergründig. »Sei nicht so naiv. Davon gibt es mehr, als du glaubst. Nutz die sozialen Medien! Gehe in Facebook-Themengruppen! So kriegst du Interessenten.«

Gesagt, getan. Eine Internetseite lässt er von einem Freund erstellen. Der wundert sich: »Du trägst ja dick auf! Es ist kaum zu glauben, was du versprichst«.

Gert stellt klar: »Es geht erstmal um Aufmerksamkeit. Die Leute sollen Kontakt zu mir aufnehmen. Im Kundengespräch rücke ich alles zurecht.«

Er sucht und findet Foren zu seinem Themenkreis. Diskutiert mit diesem und mit jenem. Tauscht Kurznachrichten mit Andrea aus, die an Kryptogeld Interesse zeigt. Er sendet seine Visitenkarte, sein Sozial Media-Profil. Es wirkt.

Eine Antwort kommt unverzüglich: »Bin aus der Gastronomie. Besitze Bargeld. Das soll sich möglichst schnell vermehren. Will danach in Immobilien investieren.«

»Kein Problem. Das wuppen wir. An welche Summe denkst du?«, schreibt er in sein Smartphone.

»50.000 am Anfang. Mal sehen, wie es läuft. Sind wir erfolgreich, erhöhe ich den Einsatz«, erscheint auf dem Display.

Das Geld wird überwiesen und von Gert in Catcoins angelegt.

»Glückwunsch zum Erfolg«, jubelt Eva als er ihr von seinem Abschluss erzählt. Sie umarmt ihn. »Da hast du ja eine schöne Provision verdient. Mach weiter so!«

Und es geht so weiter. Der Wert der Catcoins erhöht sich in den nächsten Tagen. Der Einsatz wird verdoppelt. Gerts Kontostand nimmt zu.

Anfangs verfolgen sie die Kursentwicklung täglich. Parallel zum Kurs steigt die Stimmung. Gewinne locken. »Wir sollten auch selber investieren, um von diesem Hype zu profitieren«, spricht Eva das Verlangen aus.

»Uns fehlt das nötige Kleingeld. Woher sollen wir es nehmen?«, bedauert Gert.

»Wir könnten es uns von der Bank leihen. Die Zinsen sind niedrig. Unser Haus dient als Sicherheit«, schlägt sie vor.

»Viel werden wir nicht bekommen. Der Katen ist alt und es steht schon eine Hypothek im Grundbuch. Wenn das Invest schief geht, ist das Haus weg«, fürchtet der Partner.

»Sei nicht so ängstlich. So schlimm kommt es nicht. Der Wert von Immobilien steigt. Wir werden nicht gleich auf der Parkbank nächtigen müssen«, beruhigt Eva.

Nach schlaflosen Nächten siegt die Gier über die Vernunft. Sie versuchen es bei der Sparkasse. Sie haben Erfolg mit ihrem Anliegen. 20.000 Euro werden in die Catcoins gesteckt. Deren Wert nimmt zu.

Sie verplanen die rosige Zukunft: »Ich habe gestern ein schickes Cabrio gesehen, schwarz, gar nicht teuer«, so Eva.

»Eine Reise in den Süden wäre auch nicht schlecht. Dann kommen wir endlich einmal aus diesem Kaff heraus. Das möchtest du doch«, spinnt Gert.

So träumen sie manchmal vom zukünftigen Wohlstand. Ihr Leben verläuft im üblichen Trott. Sie werden langsam ungeduldig. Die Finanzvermittlung könnte besser klappen, stellen sie mit Bedauern fest. Es läuft nicht so, wie erhofft.

Eines Morgens beim Frühstück stoßen sie auf die Schlagzeile: *Großinvestor überdenkt sein Engagement in digitale Währungen. Scharfer Kurseinbruch bei Kryptogeld.*

»Das hat uns gerade noch gefehlt!«, Gert verschluckt sich fast an der Wurststulle. »Wir müssen es sofort im Internet checken«, prustet er. »Über 30%iger Kursrückgang! Unser Gewinn ist dahin«, seufzt er beim Blick auf das Konto. Seine Mundwinkel zeigen nach unten.

»Was machen wir jetzt?«, schaut Eva ihn fragend an. Auch ihr ist der Schreck in die Glieder gefahren. Sie fürchtet um die eigene Investition. Hat ein schlechtes Gewissen, weil sie die treibende Kraft bei diesem Engagement gewesen ist. Sie hadert mit sich selbst.

»Keine Hektik. Abwarten«, versucht Gert Gelassenheit auszustrahlen. Starrt weiter gebannt auf das Konto, als könnte sein Auge die Zahlen nach oben bewegen. *Der Mann überlegt nur. Er hat nicht gesagt, dass er den Catcoins nicht traut. Über seine Gründe hat er noch nichts verlauten lassen.*

Da summt das Smartphone. Text von Andrea: »Was passiert gerade mit meinen Coins?«

»Keine Panik!«, tippt Gert in das Gerät. »Nur eine kleine Erschütterung am Markt. Es geht bald wieder aufwärts. Nur nicht nervös werden.« In der darauffolgenden Nacht wälzt er sich im Bett hin und her.

Am nächsten Morgen ist seine Aufmerksamkeit zuerst auf die Kurse im Internet gerichtet. »Um drei Prozent hat der Wert zugelegt«, begrüßt er erfreut seine Frau. Sie kommt verschlafen in die Küche, in der er schon den Kaffee zubereitet hat. »Wenn die Erholung weitergeht, ist alles bald wieder im Lot.« Die Gattin nickt erleichtert. Lächelt unsicher, als sie sich setzt. Sie stoßen mit den Kaffeepötten an. Der Cappuccino schwappt leicht über.

Vertrauen kehrt an den Markt zurück. Zuversicht lässt die Kurse steigen. Nicht lange allerdings. Da erreicht sie die nächste Hiobsbotschaft. *Der Staat will den Mittelfluss am grauen Kapitalmarkt kontrollieren,* berichten die Agenturen. Die Kurse purzeln tagelang.

Andrea meldet sich: »Ich traue dem Braten nicht mehr. Bin falsch beraten worden. Will mein Geld zurück! Alles, bitte! Die Miesen sind auszugleichen!«

»So läuft das nicht«, empört sich Gert. »Wer ein Risiko eingeht, muss es auch aushalten. Gewinne erzielen, Verluste erleiden, das ist das Spiel. Manchmal ist langer Atem gefragt.«

»Den habe ich nicht. Meinen Geldgebern wird die Sache zu heiß. Ich komme morgen Abend vorbei.« Ende der Durchsage.

»Woher weiß sie, wo wir wohnen?«, fragt er mehr sich als seine Frau. Sie zuckt mit den Schultern. Merkt auf. Ihm wird unbehaglich.

Am nächsten Abend warten sie stundenlang auf den Besuch. Die Dame hatte es so eilig, aber nun lässt sie sich Zeit, sind sie sich einig. Sie wollen sich schon fast zum Schlafen legen, da klingelt es an der Haustür. Sie wundern sich, als sie einem untersetzten Mann die Türe öffnen. »Andrea Giovanni Bartullo« stellt er sich höflich vor. »Ich habe ihr Haus in der Einöde nicht so schnell gefunden«, entschuldigt er seine Verspätung.

Andrea ist ein Mann mittleren Alters – Südländer mit italienischem Akzent. Sie sind überrascht. Zweifeln an der Entschuldigung in Zeiten von Navigationsgeräten. Warum setzt er seine Sonnenbrille nicht ab? Mustert sie von oben bis unten. Misstrauen kommt auf. Ihnen sausen die krudesten Gedanken durch den Kopf. Gert gelangt zu dem Schluss: *Der sieht aus wie ein Mafioso. Sieh dich vor!* Er bittet ihn in das Wohnzimmer. Fährt trotz der späten Stunde auf, was die bescheidene Küche hergibt. Der Mann wird Hunger und Durst haben, vermutet er. Öffnet eine Flasche Wein, schenkt ein. Setzt sich zu ihm.

Andrea langt zu. Ergreift sofort das Wort: »Ich habe eine große Familie und nur ein kleines Eiscafé in Magdeburg. Das Geld stammt von mir und meinen drei Brüdern. Sie haben es mir geliehen, damit ich es mehre. Wir brauchen Eigenkapital, um das Haus mit der Eisdiele zu kaufen. Wir wohnen über unserem Geschäft. Das ist ideal und der Preis der Immobilie ist im Moment günstig.«

Andrea nimmt vom marinierten Fisch, lobt den Geschmack. »Selbst gefangen und eingelegt«, merkt Gert an, dankt und erhebt sich. Wandert ruhelos hin und her, wiegt den Kopf. »Wir könnten die Catcoins sofort verscherbeln, bekommen aber im Moment nur knapp 90% ihres einstigen Preises. Besser, wir warten.«

Andrea schluckt und hustet. »Damit der Wert weiter sinkt«, fällt er ihm krächzend ins Wort. »Nein! Auf keinen Fall! Ich brauche das Geld auf der Stelle. Meine Brüder werden böse und unangenehm, wenn ich mit weniger nach Hause komme, als Sie mir gegeben haben.«

Gert nimmt einen großen Schluck Grauburgunder, fängt an zu schwitzen, will Zeit gewinnen. »Ich muss mich mit meiner Frau besprechen, wenn es bei Ihnen so dringlich ist.« Der Gast nickt, bedient sich am Weißwein.

Er huscht zu ihr, die nebenan mitgehört hat. Sie flüstert: »Der ist mir nicht geheuer. Die Brüder sind ein Wink mit dem Zaunpfahl. Ich habe Angst.

Sei vorsichtig! Es geht um Kopf und Kragen. Gib ihm das Geld!«

Gert zögert und zaudert: »Das ist nicht so leicht. Wir müssten auch unsere eigenen Catcoins unter Wert verkaufen. Erst dann sind wir flüssig. Eine andere Möglichkeit besteht nicht.«

Sie fängt leise an zu weinen. »Lieber verlieren wir Geld als unser Leben«, schluchzt sie. »Dem trau ich alles zu.«

Gert schaut sie an, besinnt sich, macht kehrt. Im Wohnzimmer wendet er sich dann entschlossen dem Gast zu, der zum Abschluss einen Käsespieß verspeist. Mit etwas zu fester Stimme: »Wir helfen Ihnen. Morgen werde ich verkaufen. In wenigen Tagen bekommen Sie die Summe.«

»Ich war mir sicher, dass wir uns einig werden«, freut sich Andrea, der den Imbiss jetzt beendet hat. »Ich hätte es gerne bar.«

»Das braucht etwas länger. Wir telefonieren miteinander, wenn ich die Scheine in meinem Besitz habe.«

»Ich warte auf ihre Nachricht. Halte mich bei Freunden in Rostock auf. Wir vereinbaren einen Treffpunkt. Sie übergeben mir das Geld und alles ist in Ordnung.«

Es klappt, wie vereinbart. Der unheimliche Fremde erhält, was er gefordert hat. Sie haben in der Folgezeit nie wieder etwas von ihm gehört. Ob er ein Mafioso war, oder sie sich das nur eingebildet haben, wissen die beiden bis heute nicht. Diese Frage hat sie eine Zeitlang umgetrieben. Der Verlust sie schwer getroffen. Nach wechselseitigen Vorwürfen haben sie ihren Frieden miteinander gemacht. An Leib und Leben haben sie keinen Schaden genommen. Sich nur höher verschuldet. Am Schuldenabbau werden sie zu knabbern haben. Die Hoffnung auf bessere Zeiten geben sie nicht auf. Darüber, wie sie ihnen gelingen könnten, sind sie noch uneins.

Der Spruch von Oma Hertha hallt in ihren Ohren nach: Ich kenne viele Krankheiten. Die Geldsucht ist eine der schlimmsten.

Vorweihnachtsgeschichte

Ein Dezembermorgen dämmert herauf. Schnee tropft von den Tannen, wenn ein Windhauch die Zweige bewegt. Eine einsame Meise stillt an einem schaukelnden Ring ihren Hunger.

Zwei Männer vom Hausmeisterservice schaben den Schnee vom Fußweg vor einem großen alten Haus in einem besseren Viertel der Stadt. In verblichenen Lettern steht *Villa Ruprecht* an der Hauswand. Aus einem gekippten Fenster ertönt plötzlich ein lautes, anhaltendes Stöhnen, Ächzen und Wimmern. Die Männer halten kurz inne, schauen sich an. Der eine leckt sich die Lippen, der andere deutet mit dem Kopf nach oben und bemerkt schmunzelnd: »Die Freunde des Sexualsports trainieren ja heute, dass die Heide wackelt.« Als der Lärm verebbt ist, wird der Vorhang dieses Fensters aufgezogen und es erscheint im Morgenmantel auf wackeligen Beinen eine große hagere Gestalt: Alfred Ruprecht, 83 Jahre alt, Herr des Hauses, stützt sich auf die Fensterbank, fuchtelt mit seinem Handstock herum und krächzt: »Warum scheucht ihr mich zu nachtschlafender Zeit aus dem Bett. Könnt ihr einen alten Mann nicht ruhig schlafen lassen?«

Die Arbeiter blicken kurz auf, sind überrascht, fahren dann fort in ihrer Tätigkeit. Einer brummelt zum anderen: »Dass wir *Knecht Ruprecht* um acht Uhr aus dem Bett geworfen haben, tut mir leid. Schau, er droht uns schon mit der Rute.«

Der Greis wendet sich ab und räsoniert: »Diese Banausen heutzutage! Missachten das Alter! Das hätte es früher nicht gegeben!« An Weiterschlaf ist nun nicht mehr zu denken und er macht sich umständlich fertig für den Tag, wankt auf noch immer steifen Beinen und Gelenken verärgert in die Küche und bereitet sich sein Frühstück. Anschließend füttert er die Fische und murmelt dabei: »Ja, ihr Lieben, ich sollte etwas gegen das Rheuma tun. Die Knochen wollen nicht mehr so. Ich komme morgens nur mit Ziehen und Reißen in Gang.« Die Guppys schwimmen weiter und schweigen dazu.

Sein Blick fällt auf den Terminkalender. Laut liest er vor: »Heute: Gasthof ›Zur Linde‹, *20 Uhr*: Aufruf zur Gründung einer Bürgerwehr. Bei dieser Versammlung sollte ich doch mal vorbeischauen. Mein Wissen als Ex-Offizier und erfahrener Waidmann könnte gebraucht werden. Strategische Planung und Tatkraft, da helfe ich.« Die Fische widersprechen nicht.

Am Abend findet sich Ruprecht mit einem knappen Dutzend Männer in einer alten Kneipe am Stadtrand ein. Darunter sind Rentner, ebenso jüngere Leute, die mit ihrer Freizeit nichts Rechtes anzufangen wissen. Mit Missfallen bemerkt er: *Da sind ja einige echte Kampftrinker dabei. Hoffentlich sind sie nicht nur fit im Einarmigen Reißen.*

Der Vertreter der »*Initiative besorgter Bürger*« begrüßt die Anwesenden. Er holt weit aus, um die Notwendigkeit der Einladung zu dieser Zusammenkunft zu begründen. Dann gleitet er ab in Parteipolitik. Einige Leute fangen schon an zu gähnen oder sich zu unterhalten. Sie bestellen weitere Biere. In dieser Situation ergreift Ruprecht mit seiner lauten Stimme das Wort: »Männer, die wir hier versammelt sind! Verängstigte Menschen haben uns um Hilfe gerufen, um Ordnung in dieser Stadt zu schaffen! Verbrechen greift um sich! Niemand ist mehr sicher! Unsere Gärten und Anlagen sind zum Tummelplatz wilder Tiere geworden! Nachts traut sich keiner aus dem Haus in dieser Situation! Wir müssen selber etwas tun, denn die Verwaltung unternimmt nichts! Krempeln wir die Ärmel hoch! Lasst es uns anpacken!«

Zustimmendes Gemurmel und markige Zwischenrufe der Art: »Da hauen wir drauf! Aufräumen mit dem Verbrecherpack auf! Die sollen uns nur in die Finger kommen!« Oder: »Die Wildschweine gehören abgeschossen. Die streunenden Katzen und Füchse schlagen wir tot!«

»Wie ist vorzugehen?«, fragt Ruprecht in den Raum und gibt selber gleich die Antwort: »Wir müssen des Nachts in der Stadt patrouillieren! Bilden Zweier – Trupps. Die bestreifen einsame Straßen und Wege am Stadtrand. So rücken wir dem Gesindel zu Leibe und bereiten dem Unwesen ein Ende! Das Wild wird verscheucht! Wagt es sich trotzdem vor, räumen wir es aus dem Weg! Die Einteilung der Teams wird umgehend vorgenommen. Schon morgen legen wir los! Ich selber beteilige mich! Hochgestreckte Fäuste! Zustimmende Rufe aus der Menge: »So wird's gemacht! Ja, packen wir es an!« Ruprecht ist zufrieden mit seinem Auftritt. Die Bürgerwehr ist eingestimmt.

Schon in der nächsten Nacht geht es los. 3 Zweier-Patrouillen sind am Start. Auch Ruprecht zieht mit Partner, dem deutlich jüngeren Olaf durch ein paar Straßen an Rande der Stadt. Schnee und Matsch sind nicht immer geräumt. Manchmal haben sie Mühe, sich auf den Beinen zu halten, nicht nur wegen der Gebrechen des Alten. Es ist windig. Sie passieren Gewerbebetriebe, Doppel- und Reihenhäuser aber auch Brachen, die mit Ruinen, Buschwerk und Bäumen bestanden sind. Straßenlaternen sind hier Mangelware. Plötzlich bemerkt Olaf die fahle Silhouette einer korpulenten Gestalt im Mantel mit Hut im Halbdunkel auf einem Trümmergrundstück. Sie hat einen längeren Gegenstand in der Hand. *Was macht der Unbekannte da?* Olaf zieht den Alten, der ein paar Schritte zurückgeblieben ist, sofort hinter eine verfallene Mauer in Deckung. Er zückt einen Schlagstock und schleicht sich an dem Gemäuer entlang an. Halblaut ruft er: »Wer da? Stehenbleiben!« Reaktion: Null!. Ist es ein Windstoß oder bewegt sich der Schatten der Person? Olaf stürzt hervor und schlägt auf die Gestalt ein und bemerkt im selben Augenblick: Kein Widerstand. Der Mann ist ein Schneemann.

Alfred richtet sich mühsam auf, lacht abfällig und knurrt ernüchtert: »Schlag ins Wasser, ins gefrorene! Ich vermag schon nicht scharf kucken, aber du hast ja Tomaten auf den Augen.«

Der Partner schüttelt sich: »Kann passieren bei dieser Dunkelheit. Fehlschläge dürfen uns nicht entmutigen.«

Sie stapfen weiter durch die kalte Nacht. Es ist wirklich finster hier. Nur der Mond lugt manchmal hinter den Wolken hervor und taucht die Szenerie in gespenstisches Licht. Es raschelt im hohen Gras. Sie halten inne. Bemerken eine Ratte, die über die Straße huscht. Sie frösteln. Ruprechts Nase tröpfelt. Er zieht hoch und spuckt aus. Sie ziehen weiter, horchen, spähen nach vorn, schauen sich um. Plötzlich hören sie brechende Zweige, undefinierbares Schnaufen und Jaulen ein paar Meter entfernt aus einem großen Gebüsch. »Wildschweine? Wölfe?«, flüstert Olaf mit zittriger Stimme. Der Alte schiebt seinen Partner zur Seite, zieht rasch eine Waffe, die der junge Mann bislang nicht bemerkt hatte und entsichert sie. »Den Teufeln werden wir einheizen«, presst er zwischen den Zähnen hervor. In diesem Augenblick fliegt ein Wesen an ihnen vorbei, gefolgt von einem großen Ungeheuer. Mit einem Schrei zucken beide zusammen. Ruprecht schießt. Verfehlt einmal, zweimal. Lädt durch. Feuert erneut und trifft den Verfolger, der laut aufheult, dann verstummt und am Straßenrand zusammensackt.

Sie haben sich kaum berappelt, da öffnet sich, aufgeschreckt durch den Lärm, ein Fenster auf der anderen Straßenseite. »Was ist denn hier los?«, fragt eine verschlafene Frauenstimme.

»Wir haben Sie und ihr Haus vor einem tollwütigen Wolf geschützt«, antwortet Ruprecht nicht ohne Stolz in seiner Stimme.

Die Frau schaut jetzt genauer hin. Schrickt auf: »Da liegt ja unser Rex! Der Schäferhund war Liebling und Schutz, seitdem mein Mann verstorben ist. Seid ihr da unten ganz von Sinnen, hier in der Gegend rumzuballern!«

»Er war wie wild. Hat uns angesprungen«, schnarrt der Alte.

»Ach Unsinn! Er hat nur die Katzen der Nachbarn gejagt. Das hat er immer gemacht, wenn sie ihm über den Weg gelaufen sind.«

106

»Wie sollen wir das wissen? Hier wird für Ordnung gesorgt! Wir sind die Bürgerwehr!«, ist Olaf jetzt zu vernehmen.

»Was seid ihr? Verrückte! Idioten, die nur Unheil anrichten!«, schallt es empört von oben.

»Ich kenn euch doch. Ihr werdet von mir hören!« Das Fenster wird zugeknallt.

Die zwei schauen sich an. Der Alte zu seinem Partner: »Da hinten in den Häusern gehen die Lichter an. Wir sollten hier lieber verschwinden, bevor die ganze Nachbarschaft alarmiert ist und unbequeme Fragen stellt. Wir brechen den Einsatz ab. Ist wohl nicht unser Tag, heute.«

Am Abend darauf versammeln sich die wackeren Bürgerschützer, um ihre Erfahrungen auszutauschen und von Erfolgen zu berichten. Ruprecht macht sich wieder zum Wortführer und lässt einen der beiden Spähtrupps anfangen. »Wolf-Dieter, deine Frau hat heute Morgen bei mir angerufen und sich bitter beklagt. Du bist erst um 6 Uhr nach Hause gewankt und hast eine gewaltige Fahne vor dir her getragen. Heraus mit der Sprache! Was ist, habt ihr getrieben?«

Wolf-Dieter räuspert sich, ehe er zögerlich anhebt: »Auf unserer Streife liegt eine üble Kaschemme. Die wollten wir auf Verdächtige hin kontrollieren. Kurz vor Mitternacht betraten wir das Etablissement. Die Damen hatten sich zu ihrer Weihnachtsfeier versammelt. Der Wirt begrüßte uns gleich mit dem Spruch: *Harte Männer brauchen harte Drinks! Die gehen heute aufs Haus!* Er hat uns ungefragt Schnaps hingestellt. Wir mussten die Weihnachtslieder mitsingen. Nach jedem Lied hat er uns nachgeschenkt, obwohl ich höflich abgelehnt habe«, und mit scheelem Blick zur Seite: »Mein Kumpel Horst kann ja nichts stehen lassen, wenn's umsonst ist.«

»Du aber anscheinend auch nicht«, fährt Ruprecht ihn an. »Habt ihr dubiose Individuen angetroffen?«

»Na ja. Dunkle Gestalten waren da schon, die wir für zweifelhaft hielten«, berichtet nun Horst. »Die finsteren Burschen stellten sich als Totengräber heraus, die mit ihrem Bestatter zusammen auf andere Gedanken kommen wollten. Kann man ja verstehen bei dem Beruf. Wir haben sie aufgemuntert und gemeinsam mit Ihnen den Rest des Glühweins verkostet, den die Damen übrig gelassen hatten. Dann haben wir uns zurückgezogen, weil von diesem Ort keine Gefahr ausging. Auftrag erfüllt – nach unserer Meinung.«

Einige Zuhörer schmunzeln. Ruprecht bleibt die Spucke weg. Er will etwas sagen, behält es aber für sich. Wendet sich jetzt der anderen Patrouille zu: »Was ist mit euch? Herbert hat ein blaues Auge.«

»Gegenfrage. Zahlt uns jemand den Verdienstausfall? Wir sind verspätet zur Arbeit erschienen.

Der Chef zieht uns das vom Lohn ab«, sagt Lothar und Herbert, sein Partner nickt müde und fährt fort: »Auf unserem Rundgang haben wir ein geparktes Fahrzeug bemerkt, in dem zwei Personen saßen. Nach einer halben Stunde, als wir wieder dort vorbeikamen, waren die beiden immer noch im Auto, trotz der Kälte. Dann wurde es umgesetzt. Die Leute blieben aber im Wagen. Sie hatten ein älteres kleines Haus im Blick. Verdächtig! Wir legten uns auf die Lauer. Bald stiegen sie aus und schlichen auf das Gebäude zu. Den wollten wir es zeigen. Wir zu ihrem Auto, 2 Reifen plattgemacht und ihnen nach. Hinter dem Carport schlugen wir zu – und sie zurück. Sie waren zwei Kriminaler im Einsatz. Sie haben uns vorläufig festgenommen und auf die Wache bringen lassen. Selber hinfahren konnten sie uns ja nicht mehr. Und dort machten sie uns erhebliche Schwierigkeiten bis in den Vormittag hinein. Die Einzelheiten will ich gar nicht aufzählen. Es war echtes Künstlerpech!«

Die Leute sind amüsiert, einige johlen: »Noch so einen! Ho. Ho. Ho!« Nur Ruprecht ist sauer: »Was für eine Gurkentruppe! Nur Dilettanten!«, polterte er: »Ist das hier der Komödienstadel?«

Das geht den Kameraden zu weit. Sie fühlen sich nicht ernst genommen. Es regt sich Unmut unter ihnen: »Der greise Hagestolz spielt sich als Anführer auf. Er behandelt uns wie Schulbuben, dabei baut er doch selbst den größten Mist. Man hört, sie haben einen Schneemann erlegt. Der Nussknacker hat in der Gegend herumgeballert und einen alten Hund zur Strecke gebracht. Aber sie haben nicht bemerkt, dass 500 Meter weiter in der Gärtnerei die Wildschweine gehaust und geschmaust haben.«

Höhnisches Gelächter. Ein Wort gibt das andere. Die Stimmung ist gründlich verdorben. Die Versammlung löst sich umgehend auf.

Auf dem Heimweg ist die Laune Ruprechts auf dem Tiefpunkt. Die Tollpatschigkeit der Mitstreiter ist ein Desaster. Dazu kommt noch das eigene Missgeschick mit dem erschossenen Schäferhund. Schon vormittags hatte die Besitzerin angerufen und ihm die Hölle heiß gemacht. Er hatte sie auf den nächsten Tag vertröstet und zu sich eingeladen.

In der folgenden Nacht schläft der Alte schlecht. Er ist sich seiner Schuld bewusst: *Die Schießerei war nicht rechtens. Hoffentlich zeigt sie mich nicht an. Ich krieg sonst großen Ärger mit der Polizei. Ich muss mich ins Zeug legen und für gute Laune sorgen, um die Frau zu beruhigen und das Problem aus der Welt zu schaffen.*

Vormittags räumt er die Wohnstube auf. Halbwegs jedenfalls. Gründlichkeit ist seine Sache nicht. So landen Bücher und Geschirr ungeordnet im Schrank. Einiges bleibt liegen. In dunkleren

Ecken nimmt er es mit dem Staubwischen nicht so genau.

Die Adventskerzen brennen auf dem Tisch, als Frau Schlebusch am frühen Abend pünktlich bei ihm eintrifft. Die reife Dame trägt, wie schon lange nicht mehr, ein helles Kleid mit einer Brosche verziert. Sie mustert das Wohnzimmer und den Hausherrn, der zum Jackett eine Fliege angelegt hat. Später lobt sie das Essen, das der hat auffahren lassen. Der Gastgeber bietet Rotwein an, den Frau Schlebusch nicht ablehnt. Während des Tischgesprächs unterhält sie der Greis mit Anekdoten, spart nicht mit kleinen Komplimenten. Die Stimmung hellt sich auf. Sie trübt sich wieder ein, als die Plauderei das Leben im Alter ohne Familie streift. Das, da sind sie sich einig, bringt sehr viel Mühsal und Beschwernis mit sich.

Die Dame lenkt nun das Gespräch zum eigentlichen Thema des Abends: »Welcher Teufel hat Sie geritten, meinen Rex abzuknallen?« Ihre Augen werden feucht.

»Nachts frei laufende Tiere auf den Straßen sind gefährlich für die Passanten! Die Bürgerwehr beseitigt solche Gefahren«, doziert Ruprecht etwas hölzern.

Frau Schlebusch daraufhin: »Was hat ein Mann wie Sie mit diesen Menschen im Sinn?«

»Recht und Ordnung fehlt in unserer Stadt. Allein, aber kann man sie nicht herstellen. Gemeinsam räumen wir auf«, so der Alte.

»Dann fangen Sie doch zuerst in ihrer Wohnung an«, wirft sie ein.

Ruprecht schluckt, fährt unbeirrt fort: »Es sind so viele unberechenbare Leute auf der Straße.«

»Dann schauen Sie mal in den Spiegel. Da sehen Sie einen Revolverhelden, Herr Ruprecht! Was sind das überhaupt für Verrückte, mit denen Sie sich umgeben? Haben Sie denn keine anderen Freunde?«

Er erzählt vom Ärger der beiden vergangenen Abende und es kocht in ihm hoch: »Meine Freunde sind das nicht, nur Bundesgenossen. Einige sind ungehobelte Deppen, Saufköpfe, grobschlächtige Raufbolde! Sie sind einfältige Trottel! Sind ungeschliffen und disziplinlos.« Er redet sich in Rage und kommt zu dem Schluss: »Mit solchen Leuten ist nichts anzufangen. Mit denen hat es keinen Sinn.«

»Hat es überhaupt einen Sinn, des Nachts durch die Straßen zu schleichen und Unruhestiftern aufzulauern? So etwas endet nicht selten im Chaos. Das kann gefährlich werden, wenn ihr die falschen Leute trefft. Willst du dir das antun in deinem Alter?« Sie war ungewollt in diesen persönlichen Ton verfallen, weil er ihr leidtat.

Ruprecht ist zunehmend schweigsamer geworden und jetzt ganz verstummt. Er wirkt verloren. Er spürt die Besorgnis in ihren Worten, sinnt über die Ereignisse der letzten Tage nach.

»Wie werden Sie den Schaden beheben, den Sie verursacht haben?«, reißt die Schlebusch ihn aus seiner Nachdenklichkeit und steuert gezielt auf ihr Anliegen zu.

Er findet seine Sprache wieder: »Ich besorg Ihnen ›nen neuen Hund.«

»Den treuen Rex kann mir keiner ersetzen. Er war stets ein munterer Begleiter des Alltags. Ich vermisse ihn und sein Verlust macht mich traurig.« Sie tupft sich die Augen.

Ruprecht gehen verschiedene Gedanken durch den Kopf: *Hat es sie so ins Mark getroffen oder pokert sie nur? Sie ist nicht auf den Mund gefallen und eine harte Nuss. Es muss mir gelingen, sie zu knacken, um das Problem schnell aus der Welt zu schaffen. Eine Strafanzeige darf es nicht geben.* Er bietet an: »Wir können auch über Geld reden.« Er wartet, ringt mit sich. »Wären tausendfünfhundert recht?«

Schlebusch lässt sich ihre Überraschung nicht anmerken, geht in sich, zögert mit der Antwort: *Für einen alten Hund? Ich hab das Tier gemocht. Aber das ist großzügig, fast verrückt. Der Kerl wird mir immer sympathischer. Das ist ja ein Angebot, dass man kaum ablehnen kann. Ich werde ihn ein bisschen zappeln lassen.* »Muss mir das in Ruhe überlegen«, entgegnet sie und fährt fort: »Wenn es Ihnen recht ist, treffen wir uns nochmals. In drei Tagen ist Weihnachten. Das ist doch ein passender Zeitpunkt zur Aussöhnung. Haben Sie schon etwas vor? Ich koche für uns.«

Der Alte horcht auf: Mein Angebot verfängt. Sie wird drüber nachdenken. Lädt mich zu sich ein. Zum Christfest nicht allein, sondern in Damengesellschaft! Vielleicht war die Pirsch vorgestern doch ein Erfolg! Ruprecht zupft die Fliege etwas umständlich zurecht. Ein Lächeln spielt um seinen Mund, als er antwortet. »Ich werde kommen.«